没有回忆的海

李正明 著

陕西新华出版
太白文艺出版社·西安

图书在版编目（CIP）数据

没有回忆的海 / 李正明著 . -- 西安：太白文艺出版社 , 2025. 1. -- ISBN 978-7-5513-2813-5

Ⅰ . I267.1

中国国家版本馆 CIP 数据核字第 2024GG4417 号

没有回忆的海
MEIYOU HUIYI DE HAI

作　　者	李正明
责任编辑	张　曦
封面设计	蕉下客
版式设计	新纪元文化传播
出版发行	太白文艺出版社
经　　销	新华书店
印　　刷	西安盛业印务有限公司
开　　本	880mm×1230mm　1/32
字　　数	130 千字
印　　张	5.5
版　　次	2025 年 1 月第 1 版
印　　次	2025 年 1 月第 1 版
书　　号	ISBN 978-7-5513-2813-5
定　　价	48.00 元

版权所有 翻印必究
如有印装质量问题，可寄出版社印制部调换
联系电话：029-81206800
出版社地址：西安市曲江新区登高路 1388 号（邮编：710061）
营销中心电话：029-87277748　029-87217872

序
preface

时代日新月异，随着社会的快速发展，人们的生活水平越来越高，物质条件越来越好。

今天随便到乡镇的一个集市去看一看，或者随便去城市里的一个超市转一转，商品琳琅满目，让人眼花缭乱。老百姓的物质生活的的确确已经获得极大丰富，再也不用等米下锅了。然而在这样一个物质丰富的时代，却又产生了新的问题，不少年轻人有着越来越多的迷茫和困惑，他们也有自己的志向，可却不知该如何努力，或者说不知努力的意义何在，于是缺少了奋斗的动力，他们的眼睛里充满的是纷乱多彩、目不暇接的物质世界和海量爆炸的网络信息，就像身处一张巨大的网里面，一直在转，一直在找，却找不到出口……很多人不同程度地感到焦虑、迷茫、困惑，想好好去奋斗，想努力去生活，结果却总是不尽如人意。

那么，今天的年轻人应该如何去解决所面临的问题、困惑、困境，如何找到人生的突破口，又当如何面对这个纷乱多彩、目不暇接的世界……作为新时代的年轻人，该如何找寻自己的热爱、追求，该如何找寻未来的方向……

罗曼·罗兰说："世界上只有一种真正的英雄主义，那就是看清生活的真面目并且还能够热爱它。"那么，生活的真面目究竟是什么？是那些人云亦云吗？我们为什么要热爱生活？我们该如何热爱生活？

这是一个最好的时代，也是一个充满竞争的时代。我们这个时代自然有其优势与不足，也许只有明白了当今时代的特征后，我们才能更好地去选择、努力、作为，更好地去热爱生活、热爱生命，更好地追求自己的人生价值。

本书将从以下四个方面进行思考：

时代特征：当代青年所面临的时代问题有哪些？解决时代问题的方法有哪些？

生活的真相：生活的真相到底是什么？如何突破所谓的生活的真相？如何做到洞察生活的真相？这个世界的本质是什么？生命的本质又是什么？

美好生活：生活在这个时代里，我们如何更好地去热爱、追求美好的生活，去体现自己的价值？

持续的希望：生命究竟有没有价值、意义？如果有，到底是什么？明天的方向在何处？

笔者的经历有限，思悟尚有不足，希望本书能使读者有所启发，有所借鉴，有所获益，倘若能够推陈出新，提出些许有创造性的想法或建议，那便再好不过了。

目录
contents

第一辑

1 今时今日多沉浮 /2

2 躺平，可奈何？ /5

3 不甘堕落又不思进取 /7

4 耗来耗去费心力 /9

5 心力在此多焦虑 /13

6 崩溃，往往一瞬间 /16

7 熬夜，矢志不渝 /18

8 当代青年，兴趣在何方？ /20

9 无序的自由 /22

10 "间歇性踌躇满志，持续性混吃等死" /24

11 中止的"半思考" /27

12 信念的摇摇晃晃 /29

13 几重年华，几重孤独 /31

14 "漂泊与流浪",何日告别? /34

15 年轻人的三十岁 /36

16 孩子 /39

第二辑

1 人生海海,海海的人生 /42

2 时间的意义 /45

3 遑论生死 /46

4 生活之感 /48

5 社会与人性 /50

6 年轻人的工作和生活 /51

7 自由在何处 /52

8 几时工作,几时堕落 /55

9 半生活来半沉沦 /57

10 一念之差 /59

11 世间之事多在于自身 /61

12 选择与未选择 /63

13 事情永存,问题永存 /65

14 活着不易 /67

15 对错是非不易量 /69

16　错误易揽之 /72

17　善良应有度 /74

18　半饥饿的清醒状态 /76

19　孤独是常态 /77

20　辗转反侧终失眠 /79

21　恐惧多是虚幻 /80

22　绝望时隐时现 /82

23　青年几许？人生几许？ /84

第三辑

1　人，世界，生活 /88

2　热爱生命，热爱自己 /92

3　生命的期待 /94

4　生命的本质与意义 /95

5　做正确的事情 /97

6　健康是第一 /99

7　金钱对我们而言 /101

8　幸福在何处 /103

9　人生的智慧 /105

10　自由地享受时光 /106

11　去想去的地方 /108

12　享受登山的高度 /110

13　有朋自远方来，其乐无穷 /113

14　时间之解 /116

15　秉持一心 /119

第四辑

1　青年觉醒 /124

2　理想的存在 /126

3　读《牧羊少年奇幻之旅》/131

4　修建水库 /133

5　人 /135

6　如何避开"人生的坑" /136

7　为生命立心 /140

8　得救之道 /142

9　战胜自己 /144

10　自己的光在哪儿 /146

11　青年与读书 /150

12　谈运动 /155

13　家庭，归途所在 /157

14 搭子文化 /159

15 环境对人的重要影响 /160

16 观《泰坦尼克号》/162

17 生命的强化 /163

18 做最好的自己 /165

{第一辑}

︰

1　今时今日多沉浮

> 忽明忽暗，曲折蜿蜒
> 一层又一层，坠落深陷
> 谁执迷不悟，编织谎言
> 欲盖弥彰，终于搁浅
> 谁在深渊，睁着眼
> 谁在角落，夜不成眠
> 埋藏的时间，渐渐浮现
> 欲盖弥彰，再难遮掩
> 用一束微光，把真相照亮
> 耳边回荡，冤屈的声响
> 用这一束光，投射出方向
> 那就是，不灭的信仰

这是电视剧《消失的十一层》的插曲——《深渊》，歌词的内容有点像是在描写今天年轻人的生活状态：今日生活明亮起来了，明日生活又会暗淡下去。可作为年轻人，若是不努力、不奋斗，生活只会不断地陷落、暗淡。很多时候我们是执着的，也是偏执的，也许是为了内心的不屈或是坚守；有时候我们也编织谎言，似乎想要遮掩什么，最终却好像无济于事。大多时候我们似乎感觉自己活在深渊里，活在角落里，孤独无助，难以入睡……

人生海海，每个人都会经历自己的沉浮。只是有时焦虑和压力，就像是有压强的海水强行灌进生活，让你无助、挣扎、彷徨、手忙脚乱……

城市的车水马龙里，承载了太多人的孤独与无可奈何。

我们孤独的心，有时候就像在深渊之中。自己的悲伤不是用三言两语就能让他人感同身受的。在夜班公交车上、无人的夜路中、拥挤的地铁里，都承载了太多说不出口的痛苦和泪水。在地铁里无声哭泣的女孩子，或许在学习工作中，受了无法言说的委屈。

"你是重要的存在，是某人的星星。"太多人放弃人生，是因为感觉不到有人爱自己，是因为对这个世界产生了绝望。

心里有很多苦的人，往往只要一丝甜就能得到温暖。

有多少人，被一声呼唤，被突然的一丝甜所拯救；又有多少人，在深不见底的黑暗里被一束光拉了回来。

发自内心真诚的关怀，虽然表面上看起来微不足道，却能给别人带来无限光明。

大海无声，生命辽阔。歌声穿透了几千米深的海水，唤醒了沉溺海底的人。

世上虽有诸多不易，但依然值得留恋，这个世间的灿烂，只有好好活着才能看见。

每个人都会有一段特别艰难的时光——生活的窘迫，工作的失意，爱得惶惶不可终日，但只要挺过来了，人生就会豁然开朗，即便那些自觉挺不过来的，时间也会教你怎么与它们握手言和。

今时今日的沉浮是正常的，重要的是，只要你不认输，生活就没办法打倒你。

2 躺平，可奈何？

有的年轻人，面对现实世界常常感到无力，这时就会选择躺平：得过且过，活在当下的短暂性快乐中。

殊不知，躺平也是不容易的，首先身体都吃不消，有一次我在床上整整躺了一天，结果起来伸懒腰时不小心伤到了脊背，剧烈的疼痛让我意识到：躺平也不容易。

我们只要活在这个世间，注定无法躺平。

你有一千个、一万个理由躺平，也有一千个、一万个理由不躺平。躺平不过是为自己原本已经堕落的心灵寻找一个冠冕堂皇、聊以自慰的理由罢了。

事实上，躺平也没有想象中的那样舒服。真的躺平了，你很快就会发现，这是极其无聊甚至令人厌恶的……

我们身处一个快速变化的时代。资源紧张、经济压力造成了竞争环境的日益激烈；社交媒体的广泛应用，带来了各种信息的混杂、各种价值观的冲突……竞争感的裹挟会让人有种想逃避甚至躺平的冲动，继而在不甘心落后和放弃挣扎的矛盾中难以自处。

老一辈人日子过得穷苦的时候，大家都有明确的目标，就是要保证能养活家人和自己。现在生活条件越来越好，基本的生存需要早已被满足，我们已将眼光转向归属、爱与尊重，转向自我实现。

缺乏目标会躺平。很多时候我们自己也不知道做一些事到底是为了什么——我们不想这么做，但又好像不得不这么做，因为如果不这么做似乎也不知道还能做些什么。当行动和生活缺乏意义感，人就像是被抽空了一样，只剩下空荡的躯壳。

选择太多也会导致躺平。我们常常会感觉选择太多，反而容易焦虑不安、纠结痛苦，每个人的精力和认知能力是有局限性的，我们不可能在全面掌握所有选项的全部信息之后，做出最佳选择，所以往往会感到没有把握，这时就会产生无力感。

害怕失败同样会导致躺平。很多人无法做出选择的深层次原因是害怕失败，无法接受"选错"的后果。这样一来，我们就拒绝了很多可能性。人生中最大的遗憾，不是尝试后失败了，而是往往自己本可以成功却没有去争取。不去做又怎么知道自己会不会成功？

《钢铁是怎样炼成的》一书的主人公保尔·柯察金说："一个人的生命应当这样度过：当他回首往事的时候，他不因虚度年华而悔恨，也不因碌碌无为而羞愧——这样，在临死的时候，他能够说：'我整个的生命和全部精力，都已献给世界上最壮丽的事业——为人类的解放而斗争。'"

活着，是一种态度，是对自己生命的态度，也是对自己仅此一次的生命的态度。

3　不甘堕落又不思进取

学不进去,玩不尽兴,睡不踏实,心情不爽,浑身不对劲……渴望出类拔萃,却难以脚踏实地,自己当下该做的事却总是拖延。

有太多的年轻人处于这样焦虑不安的状态,经常陷入这种不甘堕落又不思进取的困境,浪费了太多时间,虚度了太多光阴……日复一日,年复一年,却仍然一事无成。

我们为什么处于这样的矛盾与纠结中,一方面是觉得自己还年轻,还有一些志气,因此不甘堕落,坚持着自己的执着;然而另一方面由于自身能力有限,再加上现实的残酷,导致经常处于不思进取的状态中。

想拥有自己的个性而不同流合污,但缺少明确的目标而不思进取,或者即便有了明确的目标却又因自身能力不足、懒惰、习惯未养成从而导致拖延、心志不坚,于是一天一天地荒废时日,拖延日久。

要知道,在一无所有的年纪,我们唯一能与命运较量的就是宝贵的青春年华,就是永不言弃的执着,就是我们自己。

既然我们处于不甘堕落与不思进取之间,那说明我们还尚未完全沉沦,我们还具有进取的基础能力与决心,那也就还有望获得成功。

怕的是我们既不甘堕落又不思进取，长久地活在纠结与痛苦中，长久地荒废时日，既没有去堕落地享受，也没有获取进取的成果，这样的我们岂不是活得相当失败？

我们缺的是努力，我们缺的是一往无前的执着和勇气，我们缺的是一颗坚持不懈的恒心。我们难以保持内心的平静而更易受外物的影响，以至于我们每次在下定全力以赴决心的同时总是偷懒、懈怠。这往往使我们要做的事情拖延日久，即使开始做了也效率低下，于是焦虑就产生了，并且在不断增加，然后又找理由放松、懈怠。

要么能力出众，要么乐天知命，最怕的是读了一些书，见识打开了，目标远大了，而努力和行动却跟不上；有的人读了几年书，骨子里清高至极，行动上又软弱无比。当目标达不到时，甚至会想，要是没读过书就好了，那样的话也许自己在山上放羊、地里种田，过得自在、满足；也许早已娶妻生子了；会不会没有现在这么多的烦恼与痛苦……

可是，人生如泼出去的水，又哪能倒得回去。拥有什么样的基础就做什么样的事。既然有读了几年书的基础，那就以此来面对生活，用这个基础去解决生活中的问题，去解决生活中的困苦。

同样，既然现在有了不甘堕落的基础，那么就向上进取吧，这样即便没有取得成功，也一定会远离堕落。

4　耗来耗去费心力

内耗，是现代人经常出现的一种心理状态。一个人对现状不满意，但又找不到合适的方法去改变，在期待和现实的落差中就会陷入内耗。

在这个网络信息时代，很多时候我们之所以焦虑，其中一个重要的原因恐怕就是内耗了。

明明感觉没做多少事情，却累得不行；工作出了一点失误或差错，就反复回想；想做一件事情，却总是犹犹豫豫，不愿意行动；面对选择左右为难，纠结半天也确定不下来……这种心累，是一场自己跟自己的斗争，把精力都花在"对付自己"上，就是"内耗"。

内耗让我们心力疲惫，让我们心烦意乱，让我们担忧、恐惧。内耗最终的结果往往是一事无成，且平添了越来越多的疲惫、空虚、无聊、烦躁，耗来耗去发现自己终究是在浪费光阴，消耗心力，耗到最后更加焦虑了。

人为什么会陷入精神内耗？大致有以下几个原因：

缺乏自信。担心自己能力不够，害怕真正做起事情来会遇到一些无法解决的困难，担心事情做不成或做不好……

对自己要求过高。事事追求完美，或者制定的目标过高，都会耗费心力。过高、不易实现的目标容易使人产生"摆烂""躺平"的想法。习惯拿自己跟更优秀的人做比较，尤其是以己之短，比人之长，也会让人陷入自责的内耗中。

过于看重结果。每做一件事都追求最好、追求完美，这样就会导致在做事情的过程中如履薄冰、畏首畏尾，压力倍增，从而陷入过度追求结果的内耗中。

长期陷入内耗的人会选择困难、拖延不断，往往想得太多、做得太少，最后卡在那里迟迟做不了决定，白白浪费时间，空耗精力。

长期精神内耗的人，大多难以维系长期的人际关系，离群索居，最终把自己活成一座孤岛。

长期精神内耗，不利于心理健康，内耗的人容易受外界影响，或者情绪起伏巨大，或者长时间心情低落。严重的可能会诱发心理疾病，比如抑郁或躁郁症，甚至可能会自杀。

绝大多数人每天都会关注一部分的无效信息，倘若这些无效的内容占据了我们的头脑，就会消耗我们的精力。日常生活中，有太多的无效消耗，让人陷入内耗的恶性循环。

那么，如何才能停止内耗、摆脱精神束缚、走出低迷状态？

第一，学会专注。

当注意力处于松散状态时，很多繁杂的思绪就会不断涌上来。当琐碎的事情占据了整个人的思考空间，人就会不由自主地陷入心理内耗。当一个人沉下心去做事，那些漫无边际的焦虑自然就会消失了。把大量的时间、精力耗费在"杞人忧天"上，只会错过自己办正事的时机。很多时候，一些所谓的烦恼、担忧，不过是自己吓唬自己罢了,事实上,事情原本没有那么糟。

专注于自我发展,将有限的精力集中到想做的事情上,才能收获真正的成长。

第二,拥有"钝感力"。

起起落落的生活,让我们随时都在揣度别人的心态,把原因归结于自己,于是忐忑不安、忧心忡忡,活得越来越累。面对人生的叵测、生活的变化,不妨泰然处之,过滤掉不必要的烦恼,拥有更多的"钝感力"。

拥有"钝感力",就不容易钻牛角尖,不会对伤害太在意,不会因别人无意间的行为,给自己增加心理负担,自然不会产生精神内耗。

第三,拆分大目标,从小事入手。

如果目标过于理想化,行动起来会觉得遥不可及,于是不可避免地患上"拖延症"。越拖延越焦虑,越焦虑越拖延,而过度焦虑又会引发情绪内耗,于是陷入恶性循环。但真正让我们焦虑的,不是太过迟缓的行动,而是那些太过宏大的目标,让我们短期内无法达到。那么,不如让"开始"变简单,将目标细化,拆分成轻易能做到的事。难度低就不会拖延,每完成一个小目标,就获得一份成就感,不知不觉中,就把先前觉得很遥远的大目标拿下了。

第四,学会接纳自己。

凡事都与别人对比,只会耗费自己的精力,让自己陷于对比的落差中无法自拔。这个时候,不如试着接纳自己,不要被他人的生活影响到自己的人生。不把眼光放在别人身上,自然能够卸下思想的包袱,把日子过得轻松愉快。

　　从今天起,试着删除一些不怎么用的 APP,少关注一些无用信息,屏蔽朋友圈的微商广告,远离那些充满负能量的人,多去接触一些对自身有帮助的人、事、物。慢慢你会发现,自己对生活的信心与掌控感会越来越强。

　　多运动,多读书,多出去走走,去看看世界,晒晒太阳,这些都可以有效地帮助自己走出精神内耗。

　　无论你怎么度过今天,明天都会来。区别在于,是向内消耗还是向外行动。你会怎么选择?

　　要相信,外界的事,不一定取决于你,但内心的事,一定取决于你!

5　心力在此多焦虑

我们何以会如此焦虑？若是把"焦虑"这个词分开解读，"焦"是焦躁、着急的意思，"虑"是顾虑、害怕的意思。

那么，我们为什么会焦躁、着急呢？有时明明知道当下有重要的事情需要自己立刻去做，而时间又很迫切，所以焦躁、着急。那么，又为什么顾虑重重、害怕不前呢？也许是因为面对的这件事自己无从下手，担心自己做不好。

我们之所以焦虑，其中一个原因是时间不够用，感到很迫切。那么问题来了，我们的时间都去哪儿了？以日为计量单位的话，那我们看看一天二十四小时都去哪儿了？除了一些必要的如睡觉、吃饭、工作等，应该还有不少的时间，那么这些时间都去哪儿了？总感觉时间不够用，可能有两个原因：第一个原因是浪费；第二个原因是不合理利用。就像水资源一样，一方面被严重浪费，另一方面又未能加以合理利用，那么当然就不够用了。

我们的空闲时间，除了睡觉之外，大部分时间都被手机影响着。手机功能的日益全面、日益完善，使得越来越多的人离不开手机。今天的这个时代，下至几岁的小孩子上至六七十岁的老年人，都在被手机深深地影响着。

长时间将注意力集中在手机上，会使我们沉迷其中，也会让我们逐渐疲惫，进而内心产生了巨大的空虚，这种空虚会极大地加剧我们自身的焦虑。

眼睛越来越疲倦，内心越来越空虚、焦虑，眼光越来越局限……

长时间玩手机对人会产生三重影响：一是分散注意力，二是浪费时间，三是消耗精力。所以单凭手机便会打乱你的生活，让你疲惫不堪，再加上拖延的习惯，让我们每天都觉得时间不够用，觉得身心很疲惫。

手机一方面带给我们丰富多彩的世界，另一方面却让我们深陷焦虑。科技越来越发达了，我们感受幸福、快乐的能力却越来越差了。手机具有成瘾性，它使我们投入其中的时间"无休无止"。我们总在有意无意地通过手机来打发时间，通过手机来排解空虚，但最终却导致自身更加空虚与焦虑。

手机，如何才能拿得起、放得下？忙完了一天的工作，不要以玩手机的方式来休息，那样只会让我们更累。多运动，多读书，或者多出去走走，都是更好的休息方式。不要让手机反客为主，手机是为我们服务的。当我们真正离开复杂的信息环境，确立工作与生活的界限，保持社交与生活的舒适度，焦虑就会逐渐得到缓解，生活也会豁然开朗。

空闲时间除了一部分被手机占据以外，还要去处理琐碎的事情。这些事情就需要我们分清主次、轻重了。要先拣重要的事情做，一旦先专注地做完最重要的事情，剩下的做起来就会很轻松，更重要的是自己的内心会感到愉悦；反之如果先做其他不怎么重要的事情，那么便会产生焦虑。

做重要的事情之前当然需要考虑如何去做，考虑如何做好，那便以目标为导向，清晰地去思考，这是提前的计划，也是全盘的大致规划。考虑清楚之后就是执行的问题了。我们往往是想得太多（既能想通也能考虑清楚），但做得太少，执行力往往不足，或开始之后半途而废，又或者三天打鱼、两天晒网，从而导致重要的事情一拖再拖、迁延日久。

那么，我们应当如何去保证执行力？耐心和专注是最重要的。要么是迟迟不开始执行，要么是开始执行后因缺乏耐心而中断，又或者是因缺少专注而易受干扰。我们可以反过来想：重要的事情你能不做吗？当然不能！拖着事情就会自己解决吗？当然也不能！既然如此，我们要做的就是提升耐心和专注度，以此保障执行力！

当下的焦虑是因为过去与现在的不努力、不作为，如果希望在以后有所改善，那么现在就要行动起来，否则未来会背负更多的焦虑。

确立人生目标。戒手机，戒拖延，去执行！

6 崩溃，往往一瞬间

身处这个复杂而快速变化的社会，面对这个越来让人越焦虑的时代，面对我们日益不安的内心，青年人时常感到自己要撑不下去了，崩溃往往就在一瞬间。

二十多岁的年龄，正是内心世界丰富且情绪波动大的时候。导致年轻人崩溃的原因，往往是自己内心的无助、无望。

很多时候，我们会把这种无助、无望的情绪藏起来，不去宣泄，也找不到宣泄的出口，一切的负面情绪都自己默默忍受而消化。不好的情绪在内心积攒得越来越多，长时间循环、盘绕在心中无法排解，那么随着不好的情绪继续进入自己的内心达到自身承受能力的极限时，崩溃就发生了，这是内心的情绪长期积攒之后的宣泄，像洪水一样无法自我控制。

成年人的认知能力更强，认知范围更广，所以成年人的崩溃也能藏得更久一些。

即使如此，成年人的崩溃，有时也难以避免，在某个瞬间，你无法承载更多的期许和压力，你经常经历生活的挫败，你内心的目标久久未能实现……这些都会导致自己内心的崩溃。

因此，负面的情绪应及时地宣泄出去，人体不应该是封闭的，人体应该是一个开放的、循环的系统，是有进有出的。只进不出，那样平衡就会被打破。

要想找到情绪的出口，倾诉是一种很重要的方式，最好是我们能有自己的倾诉对象，从而让自己的心灵有所疏导。

如果情绪能够或多或少被释放、被看到、被分担，崩溃就不会那么容易发生。就像蓄水的池子，如果平时就能往外泄，这种外泄并没有那么大的毁灭性，当真正的洪峰到来时，就有更多的空间去容纳，从而避免最终的溃坝。

这世上没有十全十美的生活，但也没有彻头彻尾的绝望。藏只有一种方式，而不藏有很多种方式。

7　熬夜，矢志不渝

忙碌了一天，总觉得只有万籁俱寂的睡前时间是属于自己的，仿佛早睡实在是浪费了这大好时光。一不留神，原本打算十一点睡，却已拖拖拉拉到了凌晨一两点，接着一股内疚感涌上心头，终于撇开手机，两眼一闭，沉沉睡去……这样的场景，不能说天天上演，至少也是隔三岔五来上那么一回。

第二天醒来，一想到自己昨晚这种既伤害身体又浪费时间的行为，就会感到无比愧疚，更有时不我待的危机感。于是，那个上午和下午的工作时间，我都会拒绝一切"摸鱼"行为，似乎是要把失去的时光追回来，工作效率大大提高。而经过一个白天的励志，到了晚上，往往依旧如故。

我一度有些惶恐，觉得自己陷入了一种循环：堕落—励志—堕落—励志……这种在堕落之后的励志，就像是为了弥补内心的亏欠一样，一旦白天的弥补工作完成，晚上便又是自我安慰式的堕落。

那么，为什么会产生这种现象呢？可能就是因为在白天的时候，我没有办法做真正的自己。

每天二十四小时，除去睡眠时间，能够真正独立做自己、为自己活的时间真的太少了。于是乎，很多人开始习惯性地熬夜。

为了获得少得近乎可怜的掌控感,我们把工作、生活和自己的个人时间区分得特别明显,通过熬夜玩手机消耗自己能够掌控的个人时间,以此来暗示自己:"我还是属于自己的!"

但我们越是想切割清楚工作和生活,就越容易发现,工作和生活经常互相"混搭",彼此纠缠。

谁说工作和生活非要完全分开呢?有时候,我们过于追求所谓的独立时间,却忘记了自己到底想要追求什么。真的有了那么一点独立时间,却又不知道该做些什么,只能通过玩手机来安慰自己:"我终于获得了一点自由。"

其实,自由不是毫无目的地消磨大把的时间,而是不论身处何时何地,哪怕只有几分钟的时间,我们依然可以穿插着做一些自己喜欢的事情。

所以,关键在于我们要了解自己,认识自己,寻找自己的兴趣爱好,做自己喜欢的事情而非把时间投入在漫无目的的熬夜上。

8 当代青年，兴趣在何方？

有一段时间，我们往往对什么事都提不起兴趣，觉得做什么事情都没意思，这可能跟勇气有关。

斯坦福大学著名的心理学教授卡罗尔·德韦克（Carol Dweck）所著的《终身成长》这本书里就介绍了成长性思维的概念。她让我们回想，人是怎样对一件事情建立起兴趣的，比如，你在学校偶然听了一次讲座，或跟别人进行了一次有趣的谈话，然后会发现某个你以前不了解的领域其实很有意思。

按照这种路径，随着时间的推移，任何人都可以慢慢发展和培养出自己的兴趣来。关键是探索未知，离开舒适区，拓展新领域，这个过程其实是需要点勇气的。尤其是当我们的尝试可能面临失败时，很多人都会自然地进行规避。

某个人表面上在说"我对某件事情不感兴趣"，他的潜台词可能是"我其实没有太多信心做成这件事"。这时候，需要的是放下追求成功、避免失败的执念，想想有些事情是即使做不成也不后悔的，是真正值得全力以赴的，那么不如现在就开始去做吧。

著名的生涯规划师古典老师在《拆掉思维里的墙》里有这么一段话，很经典：没有人愿意说我很害怕，所以他们骗自己说，我根本不感兴趣！他们不是缺乏能力，也不是缺乏机会，他们缺乏的只是投入，对不知道结果的事情的投入。无趣之人，往往不是无能之人，而是无胆之人。所以每天问问自己，你到底是没有兴趣，还是不敢有兴趣？

　　生活就好像镜子一样，有趣之人对生活保持着极高的投入度，全力拥抱生活，生活也全力拥抱他。无趣之人用"没兴趣"把自己和生活隔绝，所以生活也躲开他。兴趣不是从天上掉下来的，而是你带着勇气，在探索和行动中找到的。我们往往也不是首先有了一件热爱的事情，有了一个坚定的目标，才全力以赴的，而是在充分探索和思考之后、在全力以赴打拼之后，才能培养出一个坚定的人生目标，找到自己所爱，找到兴趣。无论是拓展未知的领域，还是在没有把握的情境下全力以赴，最需要的其实是勇气。

9　无序的自由

世上没有绝对的自由，有的只是相对的自由，而可怕的是无序的自由。

无序的自由，顾名思义，是失去秩序的自由。这种自由的特点是：懒散、随意、无计划、无安排，或者即使有计划、有安排也可以随时改变。这种没有头绪、随意性极强的自由往往使我们的生活很被动，甚至很痛苦。

对有的人来说，这样的自由往往表现在如何安排每天下班后的空闲时间上。好像踏出单位的那一刻就没了方向，不知道该去哪儿，不知道该做什么，尝试过跑步、骑行、读书等，但又因为种种原因，而无法执行。这样看来，下班后的空闲时间看似有做什么都行的自由，但是若缺乏计划性、目标性，很容易产生被动，变成无序的自由。这样的生活缺少自己主动的掌控，没有头绪且随意。

所以很多时候，上班的状态，更适合这些人，因为上班有计划、有安排、有任务，还能与同事在一起。这使生活或多或少地存在意义和价值，所以很多时候即便下班了也喜欢在办公室多坐一会儿，或者做一些别的工作，因为一旦走出办公室就容易陷入无序的自由。这种无序的自由恰恰会让他们很清醒地意识到自己的时间被严重地浪费了,这样的生活让他们很被动,明明意识到这种状态是个问题,却又无法解决它!

以前的人忙于糊口,缺少自由,缺少自由的时间;现在的人基本物质不缺了,追求更多可以自由掌控的时间,然而却不知道该怎么安排,不知道怎么度过。

时间像海绵里的水,挤一挤总是有的。对于今天这个时代来说,时间挤一挤应该能挤出很多。可是现在的问题是:好不容易挤出来的时间到底应该做什么,又该如何规划?

今天懒散,明天也懒散;今天随意,明天也随意。难道人生一辈子短短几十年都要这样懒散下去,随意下去吗?

10 "间歇性踌躇满志，持续性混吃等死"

间歇性踌躇满志，持续性混吃等死，既无法忍受目前的状态，又没有能力改变这一切，既不甘于平凡，又不安于现状，清醒且痛苦地挣扎、堕落着。

同样二三十岁的年纪，普通的家庭条件，自己也并不比别人差，誓要发愤图强，追求更好的生活，成就自己的未来。内心很有抱负，思想上是巨人，行动上却是矮子。想法数不胜数，计划做了一次又一次，却从未开始实行过，或者实行没两天便又抛诸脑后了。总有千万种为自己开脱的说辞，一直循环在一个死胡同里，迷茫、纠结、痛苦、挣扎……干着一份自己不喜欢的工作。失去了很多，曾经的原则、立场、棱角，曾经的傲气、果敢、魄力，已不知跑到哪里去了……

有时候看着镜子里的自己，感觉有些陌生，这还是曾经的自己吗？青春还剩下几何？留给自己的生存空间又剩下多少？本该神采飞扬的大好年华却活得卑微而惨淡，这是为什么呢？为什么自己成了今天这个模样，置于现在这般处境？

在世俗的眼光中，稳定就是最大的幸福。可是每个人追求的理想世界却不相同。许多人宁可遗憾后悔，宁可屈就不满意的工作，也不愿尝试新的挑战。宁可蛰伏在熟悉的牢笼里，也不愿飞向未知的天空。生活的琐碎，使得我们渐渐不知道自己想要什么，喜欢什么，没有方向，没有目标，得过且过，时间长了也不愿有方向，不愿有目标，似乎这样也挺好，因为至少没有烦恼，没有痛苦。

很多时候拖延的原因就是逃避问题和懒惰，抱着明天还有时间的心态找各种借口逃避，但随之而来的会是更加懒惰、更加消极，然后掉入懊悔过去甚至是懊悔当下和幻想未来的陷阱中。懒惰这个东西，它让你以为是安逸、是休息，实际上它所带给你的是无聊、是倦怠、是消沉、是不思进取，长久下去便是无能为力，以及无可奈何。

当晚上十一二点该睡觉的时候，才发现自己这一天什么也没做，每天做好的计划基本没有完成，而时间就这样一天一天快速流逝。自己似乎始终停留在同一个阶段，重复着同样的生活。偶尔一时踌躇满志，脑中浮现出各种自己人生未来的可能性，于是努力思考出路，立志做出改变。想着想着，心血来潮，没了睡意，开始做新的计划，一番人生规划的书写之后，自己心满意足，然后满怀希望入睡。第二天醒来，一切依旧如常，未有改变，继续机械式地重复着昨天。

这就是现如今一些年轻人的真实写照。"间歇性踌躇满志，持续性混吃等死。"很多人并不想真正做出改变，或是向前迈一步。至于所有的计划和方案，都未曾奏效。他们害怕改变，更恐惧失败。

那么，如何改变"间歇性踌躇满志，持续性混吃等死"的状态呢？

一方面，要有清晰的目标，要把这个目标当成事业甚至是当成使命来对待。不如此，便容易间歇性踌躇满志，也容易受到干扰和诱惑；唯有如此，方能坚定不移，秉持一心，达到目标。

另一方面，要自律，要高度自律，要战胜自己。战胜自己便是解决自身所存在的问题，便能改变目前的状态。

总之，最好是能给自己一个环境，一个能让自己持续向上的环境，一个能解决自身问题的环境。倘若不能，那就去创造一个这样的环境，自己去当那个创造的人。

11 中止的"半思考"

思考一个问题，刚刚有了一点眉目时思维就转移方向了，导致思考往往未能持续下去。这是为什么呢？

很多时候明明知道思考应该继续，继续下去就会有答案，就会有结果，然而就是喜欢拖延，就是容易懈怠。我们为什么一直在进行这种"半思考"呢？

你有没有这样的经历，有时觉得自己已经思考出了一点眉目，或是已经思考出了一点结果，可就是想休息一下，就是想懈怠一下，每次取得一点小小的"成就"就放松的习惯，会导致自己思考的效率大大降低。原本只要深入思考，也许再要半个小时就可以想清楚一个问题，可一旦拖延或中断思考，那也许需要几个小时，甚至更久的时间问题才能解决。

这种思绪不容易受自我控制、容易受到外界环境的干扰，是缺乏专注性造成的。

人们在逐渐安稳的生活中变得懒散了，变得懈怠了，变得不自律了。一件事情做成功了固然挺好，做失败了好像也没关系；或者一件事情今天能做完就做，做不完也没关系。人在这样的心理状态下、在这样的外部环境中，变得越来越拖延、越来越懒散了。这种环境会越来越多地消磨一个人的心志，直到最后连一点心志也没有了，就好比温水煮青蛙一样，最后想跳也跳不出来了。长期的拖延和懒散会使做事的效率越来越低，从而导致出一种很严重的后果，那便是严重浪费了时间，日复一日，年复一年，大把的光阴就这样流走了，而自己还浑然不觉。更可怕的是，就算能够意识到，却仍无动于衷，仍无所作为，长此以往便是想动也动不了了。

有这样一个安逸的环境就相当于有了依靠，人一旦有了依靠就容易产生依赖，就容易不再相信自己，从而削弱了自我的独立性，削弱了自己的自立、自强。从前我经常独自一人出门，有一次去西藏，大晚上我依然在藏东的高山峡谷中赶路，有车就坐，没车的时候就徒步走。在一条前不着村、后不着店的路上，我拦了一辆汉族大哥的皮卡车捎了我一程，他到工地后我下车继续向前走，却突然发现两边是悬崖峭壁，伸手不见五指，只听见中间山谷的流水冲击声……那一刻，我心里产生了一丝恐惧，我告诉自己不能再继续向前走了，在这样的环境下光靠两条腿又能走多远呢？

那时的自己没有依靠，便只能全心全意地靠自己。可现在不同了，自从有了工作后，自己就不仅仅是自己了，多了好多"身份"，也多了好多"束缚"，再不似从前那样勇往直前、锐意进取了。生活中的琐事越来越多，诱惑越来越多，以至于对自我专注的考验也越来越大。

12　信念的摇摇晃晃

信念是什么？信念是一种意志，是一种心态。信念是相信自己，相信自己的当下与未来。

大学时我的信念是很坚定的。那个时候我有两个非常明确的目标：一是去很多很多地方；二是读更多的书。所以我不遗余力地、始终如一地去做这两件事。每多去一个地方、每多读一本书的时候，我便更加相信自己、坚定自己。

不知何时起，我的信念开始变得不坚定了。人一旦开始自我反思，便容易去否定自己、去质疑自己。从前很自信，觉得自己很优秀，大概是因为很少进行自我反思，或者即便有过自我反思，往往也会被自己的优点所遮挡。如今是既很少看到自己的优点，更无法遮挡自己的缺点，以至于经常陷入自我质疑之中。

树立明确的目标。树立明确可执行的目标能够帮助我们坚定信念。制定的目标应合理，应在可实现范围内。如果目标过大、过高，就算可以实现，那也绝非一朝一夕可以做到的事。中途一旦遭遇挫折便很容易气馁，很容易自我失望，从而打击自己的自信心。或者短时间无法完成，再加上时间的紧迫又增大了完成此目标的难度。这种状态下又如何不使自己的自信心被影响？

这摇摇晃晃的信念，如何才能让它不再摇晃？如何让它彻底融入自己的人生中？我们该如何面对自己，如何面对自己的信念？

信念来源于自我的肯定，来源于内心的坚定。所以，要多做一些肯定自我的事情，而内心的坚定在于我们要相信一些东西，相信我们在这个世界上有自己的使命，有自己的业力，有可以承载自己理想的某种东西。

信念，是人一生的力量所在，是人一生的支撑所在，是人一生坚定前行的动力所在。

13　几重年华，几重孤独

在今天，我们每个人都可以活在自己的手机中，一部手机可以让一个人一整天不出房间，一部手机似乎可以解决所有的事，外卖、购物、娱乐、交流……都可以通过手机进行。

这种生活状态造成人们内心的孤独。缺少与现实中他人的交流，长期生活在虚拟网络中，会让一个人感到空虚、无聊，进而感到孤独、寂寞。越是独自生活，便越感到孤独。孤独久了同样会产生问题。

当然，一个人独居生活，本身也有很多舒适的地方——不会有生活习惯上的对错之争，不会因为加班太晚回家影响别人休息，也不需要面对家里人的唠叨，在家想做什么就做什么，能够享受一种很轻松的状态。

一边享受孤独，一边又害怕孤独，时代造就了人们对孤独的两种态度。尤其是这个时代的年轻人，他们似乎更容易孤独——小孩子或多或少有父母疼，中老年人或多或少可以疼爱子女，只有年轻人，他们的孤独尤其明显，甚至成了一种习惯。可这样的习惯或多或少存在问题，因为人的本质并非享受孤独，绝大部分人是无法忍受孤独的，毕竟人是群居动物，具有社会属性。

[第一辑]

社会上不仅有留守儿童、空巢老人，更有孤独青年。青年人的孤独也许只有自己懂，尽管很孤独，可是也确实找不到合适的人倾诉，于是让这孤独感刻骨铭心。

在青年时期，人人都试图与他人形成强烈、稳定、亲密的关系，通过自我表露，互相影响，互相尊重与接纳，找到人生路上的同行人。

但不是每个人都能轻易地找到好朋友、好伴侣，找到那个人生路上的同行人。

很多年轻人并没有习惯孤独，更不知道如何应对它。

那么，作为青年的我们究竟该如何面对孤独呢？该怎样寻求一种合理的解决孤独的机制呢？

首先我们应当对孤独有一个正确的认识。

孤独本身没有什么不好。使孤独变得不好的，是你害怕孤独。对待孤独的态度，决定了你是会被它打败还是会战胜它、享受它。

青年人，恐怕没有几个人有底气说自己"绝不孤独"——或迟或早，或多或少，孤独总会在某个时刻袭来。

其实孤独感强的人，社交技能往往并不差，他们往往更敏感，也更善于共情，并随之调整自己的反应，这让他们赢得了别人的好感和信任。因此，年轻人感到孤独的本质是：他们觉得自己难以应对社交场合中的焦虑，因而不想去社交。

人生活在世界上，需要同时依赖很多人或事物，需要恰当地与他人建立联系。当遇到困难时，他可以向父母、朋友、伴侣或其他任何能对他有所帮助的人寻求帮助。即使无法解决问题，在心理上他也不会感到与外界失联，感到虚无或者被抛弃。因此，拥有面对孤独的勇气，拥有与外界联结的能力，面对孤独时才可能会游刃有余。

近期有一种新兴的搭子文化流行开来，人们因某一共同兴趣爱好或需求而结合起来，主打的是细分领域的精准陪伴。这也许是解决孤独的一个好的创意、好的机制，也为解决更多青年人孤独问题提供了思路！

14 "漂泊与流浪",何日告别?

曾经的我非常喜欢漂泊与流浪。高二那年读了路遥先生的《平凡的世界》,从此便立誓自己上大学后一定要做的两件事情:一是读万卷书,为的是丰富自己的学识,脱离愚昧;二是行万里路,增长见识,增加阅历,开阔视野。

大学四年的时间里,我果然将这两件事执行到底、贯彻落实。尤其是行万里路这件事,从高考结束后便一发不可收。

高考填完志愿后的第三天,我就计划骑自行车去云南,去那个年代人人都向往的大理、丽江。虽然最后未到大理、丽江便从云南匆匆撤回,但这次出行极大地锻炼了我的胆量与魄力,以至于让我在后来的每一次单独出行中几乎再也没有害怕过。

为了出行,为了到达目的地,我不止一次踏上耗时五十多个小时的绿皮火车,有时甚至只有站票;在南疆,我一个人背着双肩包,一手拿着矿泉水,一手举着馕啃,感受着迎面吹来的自由的风;我曾经用两个晚上、一个白天的时间快速辗转于伊犁的各个景点,日行千里而不止;还在大半夜一个人行走于藏东的高山峡谷中,在伸手不见五指的黑夜里听水流撞击崖底的清脆声,与几位藏族大哥同住在褥子下面铺满牦牛粪的碉房里;我还背着几十升的户外包攀爬过华山悬挂半空的长空栈道……

那时的出行，次数之多，速度之快，强度之大，胆量之勇……既是漂泊，也是流浪。

工作后虽然每年仍会去很多地方，但远没有大学时那么频繁，也许是随着年龄的增长、角色的转变，心境发生了变化。如果说大学时期的单独出行是向往自由，那么工作后的单独出行便略显乏味。

再往后，更多的时间和精力都放在了成家、立业上，那些漂泊与流浪的日子便成了宝贵的财富珍藏在记忆中。

15　年轻人的三十岁

三十岁的年轻人，还算年轻吗？

三十岁的年轻人，被事业挤压，被婚姻挤压，也被年龄挤压，这是人生的三道坎啊！

三十岁，这意味着年轻人面对世俗已经坚守到了最后，这意味着如果此时未成功，那他们有可能要面临着妥协——向婚姻妥协，向事业妥协，也许更会向人生妥协。自己的理想仿佛已经没有了坚守的时间和空间，因为从三十岁开始，年轻人恐怕就不得不面对世俗，面对现实了。

三十岁的年轻人，不论男女，同样焦虑。倘若还怀揣理想，那便更加坐立难安了。

三十岁的年轻人，很多依旧孑然一身，孤独漂泊，要事业没事业，要婚姻没对象，我们既不想屈从于世俗，又不得不面对世俗。

三十岁的年轻人，已不像二十岁出头时那样，觉得自己还有很多时间，不用着急什么。将近三十岁了，仿佛什么也没有，孤孤单单的，有的是那一颗孤独而执着的心。

三十岁的年轻人，面临着人生种种的大事，一边坚守着，一边被挤压着。三十岁的年轻人，虽不愿妥协、不愿将就，但却又无能为力,仿佛在等待着什么,难道是在等待着最后的青春逝去?

三十岁的年轻人,在这最后的青春里,我们难道不应该做点什么,来抵御这生命的荒芜?

三十岁的年轻人,你在等待着什么?是在等内心孤独的散去,还是在等青春血液的消耗,抑或是宣告不屈青春的离开?生命因燃烧而精彩,生命也因逝去而荒芜。

三十岁的年轻人,你在执着着什么?你的青春究竟所托为何?

人类一切的焦虑,最终都指向死亡,年龄焦虑自然也不例外。年龄越大,离终点就越近。我们的青春,我们的颜值,我们的任性,都面临着"死去"的窒息。

尤其是女性,到了一定的年纪,她们就不敢选择了。似乎生命留给她们的机会不多了,她们必须遵从人们的一些刻板印象。例如,女孩过了三十岁就不好找对象了;三十岁以后就错过最佳生育年龄了;三十岁以后没有从前的活力了。这些束缚使很多女性不敢再大展拳脚,不敢做出忠于自己内心的选择。

打破年龄焦虑不是一件简单的事情,它需要我们重新认识自我,思考自己的人生课题。

任何年龄,都不要被诱惑迷惑。任何时候,都要相信,我们自己的人生价值要靠自己来实现。我们始终要想好自己是谁,想好自己的人生价值在哪里。

想要得到别人的认可,那太难了。与其如此,不如把选择权抓在自己手中。

在网上总是看到一些问题："三十岁可以不结婚吗？""三十五岁可以重新选择一个行业吗？""四十岁还有重新追求幸福的权利吗？"这些问题，是我们给自己套上了年龄的限制，是我们不敢对抗别人的眼光。不管什么年龄，我们都有选择的权利。如果我们的一生都在做自己喜欢的事情，我们一生都真心喜欢自己，多少岁又有什么关系呢？

当然，人们总是想要的太多，但自身的能力、时间、资源、运气都是有限的，很容易贪多而不得。因此，我们需要坐下来，认真盘点自己的人生目标，列出清单并排序，然后告诉自己，竭力去完成最重要的那一个！

那么，我们人生中最重要的那件事究竟是什么呢？没有人能够给你答案，没有人能够帮你做出决定。我们得认识自己，发现自己，通过不断的实践与反思，寻找自己最想做的事情，发现自己最想成为怎样的人。

如果你能独立思考，同时保持开放的头脑，清醒地寻找并发现最适合自己的事情，如果你能鼓起勇气这么做，你将会让自己的生命发挥最大的价值。如果你做不到这一点，你应当思考为什么，因为这很可能是你面临的实现自己人生愿望的最大障碍。

如果现在的你也很焦虑，不妨去反思自己的人生观和价值观，寻找真正的目标。只有这样，我们才能够更好地面对自己的"三十岁"，更从容、更平静地面对自己的"三十岁"。

16　孩子

有人说："不生孩子，人生就是不完整的。""不生孩子的人都是自私的人。""生个孩子，人生就完美了！"

可人的幸福指数，真的需要孩子来提升吗？

过自己想要的生活不是自私。

生孩子这件事，既是自己的事，又不完全是自己的事。所以生不生孩子首先要考虑的是这件事情对自己的意义是什么，这件事情对自己是否很重要。

在今天这个高速发展的社会，还应考虑生孩子之后如何教育孩子的问题。

我们如何做好生孩子的准备？

我们如何去教育孩子？

我们如何承担起对一个家庭的责任？

这些，才是需要我们思考的本质问题。

生孩子，不仅仅是传承后代的问题，更要为孩子着想。孩子从小的吃喝用度不是难事，难的是从小该如何教育孩子，如何陪伴孩子，如何让孩子去认识这个世界，如何让孩子面对自己的人生。

教育孩子，既要让他（她）成长，也要让他（她）快乐，还要让他（她）具备在社会上生存的能力。

　　教育孩子不是一件简单的事情，所以要不要孩子，要看你有没有做好准备——如何教育孩子的准备。担当和责任在这个过程中是必不可少的。

{第二辑}

⋮

1 人生海海，海海的人生

人生海海，山山而川，不过尔尔。这句话出自《人生海海》，作者麦家是要点明，人生如潮也似海，难以捉摸，也难以取舍；生着艰难，死得茫然；活着伟大，死不足惜。一种叫人不得不屈服的生命含义，也是一种不得不为的幸存者之路。

人生像大海一样变幻不定、起落沉浮，但总归还是要好好地活下去。麦家对这个词的解读是：既然每个人都跑不掉、逃不开，那不如去爱上生活。

有没有哪一刻，你觉得命运好像跟自己开了一个玩笑；有没有哪些瞬间，你忽然对生活产生了无力之感？漫漫人生路，我们难免会遇到一些挫折与磨难。如何面对人生中的失意，经受苦难时又该怎样逆风前行，这些都是我们一生中必须思考的问题。

本书初读不觉，读完让我想到了《平凡的世界》。不同的是，田晓霞年纪轻轻就离开了人世，而上校至少还一直活着，这多少给人一些生活的希冀……

《平凡的世界》写的是一群人积极向上地生活与奋斗；而《人生海海》更多的是回忆，回忆人性的得失。一部是前进奋斗史，一部是人性回忆录。

上校——本书的主人公，是一个英雄，既是英雄，那自然会被凡夫俗子时不时地"践踏"。当兵—国民党—日本人—解放军—朝鲜战场—回家—"文革"—疯掉—安享晚年。我觉得，上校还是幸运的，至少他因"疯掉"而躲过一次命运的摧残，麦家至少还给了上校"山重水复疑无路，柳暗花明又一村"的转机。

上校的妻子——林阿姨，她是不幸的，不幸的是她的家世背景及经历；她又是幸运的，幸运的是她遇到了她的丈夫——上校。她是顽强不屈的，不屈的是她面对生活的态度和勇气。虽然，上校因为她离开了军队回了家，他俩都是受害者，但上校遇到她是上校今生最大的福气。

《人生海海》形容人生复杂多变但又不止于此，同时又意味着人生像大海一样宽广。

活着、敢死都需要勇气。

命中注定他要一辈子在各方面施展才华，哪怕被命运打趴在地，也依然要绝地反击。

《平凡的世界》更多的是给人一种永不言弃的进取心，而《人生海海》则是给人一种复杂多样的包容心。所以在人生道路中，既要有奋斗不息的动力与决心，又要能包容人生的复杂性、变化性、诡秘性……如此，人生才能走得更实在，更多彩……

人生海海，海海的人生。

你注意到了其中一面，而我注意到了另一面。事物的两面，人性的两面。一点一点地揭开这个世界，揭开物质，揭开人性。从人类的整体视角去看，那么一切是无意义的；从个体的细微视角去看，那么依然是丰富多彩的。每个个体，虽复杂、虽痛苦、虽充满欲望……然个体之奇妙、个体之欢乐，亦无穷也。

世上之事，不可一言以蔽之，亦妙不可言！

2　时间的意义

在这苍茫的大地上,唯有时间亘古不变。而这时间的另一个解释便是地球自身一圈一圈地转动。

时间,真正的理解应该是一个人的一生。

作为人,很有必要弄清楚关于时间的两个事实:第一,时间是有限的;第二,人的生命最终是无意义的,或者说生命的终点是无意义的。但正因如此,人才更应该去做自己想做的事情和喜欢的事情。

想不虚此行地活着并且做自己喜欢的事情,前提是要有最基本的自律,倘若想要有所成就的话,那就更需要自律了。

假如生命还剩最后一天,你该做什么呢?有一个答案是去做想做的和应该做的事情,用有限的时间尽可能多去感知这个世界……

总之,时间的话题比较宏大,也比较玄妙,还需要你我继续领悟。

3 遑论生死

生与死都是人生的大事。死是生的尽头，死亡只有一次，所以无法有切实的体会。但有两种情况下我们较为接近死亡，一种是在患病的时候，另一种是年老的时候。

平日里健康的时候我们似乎并没有好好珍惜自己的身体、自己的生命，总以为死亡离我们很远，从而肆意地挥霍身体、挥霍健康。只有当我们生病的时候，才意识到生命是多么渺小，意识到健康是多么重要。

年老的人往往离死亡更近一些，我不知道他们那时的心理状态是什么样的，心里又有些什么想法，但有一种情况却经常出现：年老的人总会提起倘若年轻能重来的话，他一定要去做什么什么事情，完成什么愿望。由此可知，年轻的时候要多多去尝试各种可能性，不给将来留下遗憾。

电视剧《新三国》中曹操在临终前是这样谈论死亡的："死不可怕，死是凉爽的夏夜，可供人无忧地安眠。"死亡是宁静的、祥和的，也是无忧的，死后万事皆空。而活着刚好相反，活着是躁动的、烦恼的，也是复杂的。这样看来，生死都简单了，活着不论你是享受还是烦恼，是美好还是苦难，死后这些都没了。你可以从这个角度来问问自己：你希望活着还是死去？对于一些看上去生无可恋的人来说，现在如果把死亡摆在他们面前，清空他们的生命，估计他们会望而却步，谁又能一下子接受"万事皆空"的状态呢？还可以知道的是，人类对于死亡大可不必着急，因为每一个人不管愿不愿意最终都要面对死亡，所以对于那些觉得生无可恋、觉得人间苦难的人来说完全不用着急，就算你不找死亡，死亡最终也会找到你。从时间的长度来说，每个人的生命只有一生，一生的长度多则百年而已，而百年在时间的长河中又是何其的渺小与短暂，也就是说从时间的长河来看，你活着的一生只是极其短暂的，你死后的时间将十分漫长。所以，活着的你，有什么可着急死亡的？不应该好好珍惜你这短暂的生命吗？

"如果你把每一天都当作生命中的最后一天去生活的话，那么终有一天你会发现自己是正确的。"这是面对生命的正确态度。

既然生死都无可避免，能做的便是在活着的时候，在拥有生命的时候去热爱、追求、努力，把每一天当作最后一天活！

4　生活之感

我们永远都站在人生的交会点上——已经消失得无影无踪的过去，还有永恒难测的未来。我们不可能同时存在于过去和未来，我们要珍惜现在的生命，把眼下的事情做好。

无论工作有多么的辛苦，每个人都要尽力完成。从日出到日落，每个人都要以愉悦的心情生活，这便是生活的真理。每个人都没有必要为将来担忧，只要认真过好眼下的每一天，一切都会豁然开朗。对一个了解生活的人来讲，每一天都是崭新的。

> 能够善待今天的人，
> 是真正懂得快乐、懂得享受生活的人。
> 他们可以把每一天都过得很好，
> 他们会对人们说：
> "不管以后会有什么样的灾难，
> 我都会过好每一天。"

人类所有天性中最可悲的地方就是忽略现在，人们总是在记挂着未知的将来。我们的心中只有远在天边的玫瑰花园，对怒放在窗前的蔷薇却无暇顾及。

生活，就是实实在在的当下。

生活，是复杂的，是无序的，是混乱的。人活着，便有自由，也有束缚；有苦恼，也有快乐。这一切都由人的欲望引发，也由人的天性控制。活着，是一种欲望，也是一种漫无目的。

一方面是想活着或不得不活着，另一方面却仅仅是活着，缺少目的，缺少意义，缺少通透。

是什么主导了生活？是不得不活着的无奈，是活着之后的欲望，是欲望产生之后带来的种种问题——是周而复始的欲望和问题。

活着，就要有活着的姿态。

只有死去，才会无知无觉。

现实生活本就具有两面性，没有一味的快乐，也没有一味的痛苦；没有一味的享受，也没有一味的担当。

现实生活是一个复杂的体系，也是一个丰富的体系，很难以一概全。

读周国平的书，我最大的一点感悟就是：现实就是现实，没有一味的享受，也没有一味的承担；没有一味的苦痛，也没有一味的烦忧！

现实生活不可尽述，人之一生有尽头。

人生在世，现实就是现实，生命就是生命，人生也必定是人生。

5　社会与人性

社会总是和现实紧密联系的,社会之所以现实,现实之所以残酷,人生十之八九之所以不如意,究其根本原因,是人性使然。

并不是人性本恶,也不是人性本善,而是人性本身的复杂性与两面性,这决定了以人为主导的社会总是问题不断……

人类的发展虽然在一直向前、一直进步,但由于人性的复杂与两面性,使得各种社会问题不可避免,也不可"磨灭"。如此,就形成了我们包罗万象的现实社会。

每一座城市,每一条繁华的街道,体现出的是消费,也体现出了人的欲望,正是人无穷无尽的欲望形成了这个社会的基本架构。人类社会的一切行为与人类的欲望都紧密联系,没有欲望,便没有社会。这些欲望可能是口腹之欲,可能是男女之欲,也可能是温饱生存之欲,总的来说都是人性之欲。

人性是世间所有人都无法脱离的两个字。

6　年轻人的工作和生活

大城市意味着机会和繁忙,离开还是留下,每天都有人在思考这个问题。

有人想要逃离北上广,就有人向往北上广。在这两种趋势下,可以看到很多人不同的选择。如果你喜欢看灯红酒绿的街道,喜欢在车水马龙的城市里穿梭,那就选择留在大城市;如果你喜欢饮茶赏花,向往宁静安逸的生活,那就选择离开大城市,去过悠闲自得的人生。

生活是一个多面体,不论选择哪一面都有各自的精彩。

选择生儿育女或者丁克,选择在大城市奋斗或者去小城市落脚,选择在忙碌生活里坚持梦想或者放松身心安逸度日,只要是你从心所愿,都是好的选择,也是越来越多新时代消费者的生活选择。

重要的是待在哪个地方能让你独立——经济独立,更重要的是待在哪个地方可以给你念想,可以让你踏实。

如果可以,我们还是尽量做自己喜欢、感兴趣的工作。

7　自由在何处

自由，第一是时间的自由，第二是财务的自由，第三是角色的自由。前两者容易理解，至于为什么要角色自由，是因为角色自由了，就不会被是非困扰。人一有角色就会陷入困境，比如说男人跟女人对立，老人和小孩对立；你总觉得自己是成功者，潜意识里就会和普通人对立；你觉得你是高收入者，就会和低收入者对立。人一有角色就立即有一堆是非困扰，于是就不开心了——人的痛苦很多来源于对是非的计较。

人总想获得尽可能多的自由，但自由多起来，未必是好事。

另外，自由带给你的越多，需要你选择的就越多。选择就是放弃，自由就是枷锁。越自由人越不知道怎么选择。

选择的前提是要学会放弃，最重要的就是学会放弃。在高度自由的选择空间里，所有的选择都是诱惑，如果不知道放弃，你就会困惑；如果只有一个选择，你就不会困惑。当选择多的时候，内心就不平静，苦恼往往来自你想要的东西太多。

卢梭说过："人生而自由，却无往不在枷锁之中。"同一个人，他可能既要求自由，又要求被奴役。

有些自由无所谓好坏，只在于各有取舍。《海阔天空》里"原谅我这一生不羁放纵爱自由"，这里"自由"指的是身心自由，它是好东西，但和现实往往会有冲突。

卢梭有关"自由与枷锁"的言论感动了无数人，也让无数人平添惆怅。不过，即使是在一个不自由的环境中，生活仍是可以选择的，是有可求的。因为你即便可以选择，你的世界也在于你如何选择。人可以自主地生活，我们所能感觉到的不自由，很多是自我施加的。

大环境可以决定你的自由度，但你内心有一个小环境，那里有你对美好生活的自由裁量权。而这完全在于你的觉悟，在于你对生命、对世界的理解。

自由，同时意味着相应的责任。

今天我们的生活相对自由得多，我们恋爱自由谈，工作自由找，房子自由买。但是，我们同时也承担着自由恋爱的责任，证明自己有工作能力的责任，自己花钱买房子的责任，连带的还有其他许多责任。自由多，所以责任也多。自由与责任，同起同落。

自由取决于你能承担多少责任，责任则取决于你有多少能力。所以说，自由本身就是一种能力。自由是有能力发现自己真正想做的事情，然后又有能力担起责任做下去。

能力，是自由的第一要务。

自由的另一个因素，是欲望。

如果你希望自由，控制欲望是你必须经历的修炼。如果你仅仅提高了自己的能力，却管理不了自己的欲望，你不会是个自由的人。信用卡提高了你的消费能力，却可能让你远离财务自由；社交网络提高了你的信息收集能力，却可能让你远离心灵自由；搜索引擎提高了你的信息收集速度，却可能让你远离思想自由。这只因今天用太多的能力服务着更多的欲望。

　　一个人的自由之路无非有两条，一条是给能力做加法，另一条是给欲望做减法。提高能力让你能承担更多责任，从而获得更多自由；而降低欲望则让你宁静下来，把生命变轻，把自由还给自由。

8 几时工作，几时堕落

在我们身边，有很多人为了追求稳定，做着一份枯燥无聊、一眼望到头的工作。这样的工作其实是在浪费生命，让自己变得唯唯诺诺，变得妥协，变得越来越没有棱角，逐渐地丧失了主动性，丧失了创造性。

这样的工作，就像一个诅咒，每天欺骗着你要从工作中获得快乐，你在为工作本身而工作，享受着没有结果、没有意义的努力，想象着可以通过辛勤劳动来实现自我价值。持久而不间断的工作让你变得迟钝、琐碎、失去个性，让你变得就像机器上的齿轮一样，机械而无聊，让你不再对自己的命运感兴趣，而是专注于外在的事物，专注于重复且机械的事物。每个人都必须有一份职业，必须进入某种特定的生活方式，在这样的工作中，你忘记了自己，剩下的只有为了生存和利益的工作，这样的行为很愚蠢。也许有人会说生活所迫无可奈何，但是仅仅用这样的理由来搪塞自己，来为自己解释，这多多少少是不负责的。

人们从工作中找到的那种消极的乐趣，与日常生活的贫乏、平庸、琐碎有关。为什么不放弃这种徒劳的工作重新开始，不再重复同样白费工夫的错误？也许还是主观意识不够，又或者是对自己的能力缺乏信心,这样的工作毁掉了你自我探索的道路,磨灭了你自我创新的意识,使得你一边工作,一边堕落。

9 半生活来半沉沦

生活好像经常陷入了一种难以自拔的循环模式：白天正常工作、生活、好好吃饭，可一到下班之后就不知所措了，以至于下班之后开始刷手机，一直能刷到后半夜才睡觉，这时内心产生了更巨大的空虚感。这种模式往往导致第二天早上睡不醒。每天早晨艰难地爬起床，快速去洗漱、上班，要是多耽误几分钟便可能要迟到。

到了工作单位，仿佛自己又是这个社会中的人了。可往往就是这种白天正常工作、正常吃饱喝足之后给了自己一种下班后可以自由休息的心理暗示。这种下班后的自由休息往往是对自己的自由放纵，往往是陷入了与手机持续纠缠的状态。每次在这种沉沦的状态中都会以白天的正常工作来安慰自己，暗示自己并没有堕落。长此以往，日复一日，这种循环模式好像是让人喝了毒药一样，痛苦而无法自拔，想改变却往往因未能坚持而最终宣告失败。

那么，到底是白天的工作出了问题，还是夜晚的自己出了问题？白天的工作所存在的问题也许是稳定，比较清晰，这样的工作不会造成一个人手忙脚乱，不会造成一个人疲劳的状态，那么问题更多是出在了晚上的自己。下了班后的百无聊赖、不知所措，最重要的是没有一个确定的目标、明确的方向，是对自己的难以控制，才会导致自己沉沦，长此以往就像吃慢性毒药一样，渐渐地毁掉自己的心志和能力，使自己每天看上去都疲惫不堪，每天过得都很辛苦，也很痛苦，这种疲惫、辛苦、痛苦多半是心理上的。

也许人本身的机制就是做了一些努力之后获得相应的奖励，可是这种奖励应该是以一种合适的方法进行，更关键的是要适当，不能过度，过度奖励自己就会产生巨大的痛苦，尤其是刷手机的过度消耗。

当我们努力读完一本书时，我们可以奖励自己，出去吃顿好的，也可以奖励自己出去散散步，或者当我们辛苦完成一天的工作时，可以喝个茶放松一下。但绝对不是说当我们读完一本书后一两个月不再读书，也绝对不是当我们白天工作完后一晚上沉浸在手机中。这样的"休息"往往是过度自我放纵、自我消耗、自我停滞而缓慢不前，这样的"休息"往往会导致沉沦、堕落。

在我们稍稍有所成就时，或者稍微做成一件事时，我们应该保持一种清醒的状态，应该以合适的方式适当地奖励自己，应该明确下一步的努力方向。这样我们才能培养自己的心性，锻炼自己的体质，充满信心，积蓄自己的力量，从而让自己勇敢地去面对生活、面对未来、面对人生。

10　一念之差

命运往往受到一念之差的影响，一念之差往往会产生不同的行为，这些行为又会产生不同的结果，最终会导致截然不同的人生。

一念之差往往体现在生活的小事中。例如，我们朝夕相处的手机，当你无所事事要打开它消磨时间的时候，你可能知道这种行为不好，但是下一秒依旧会打开手机。手机给生活带来了便利，但也产生了不好的影响。一方面浪费了时间；另一方面对手机产生剧大的依赖性，深深地被手机影响，反过来也可以说手机控制了你，让你很难离开它。这是手机对你的影响，这种影响一次两次并不明显，时间长了弊端就很明显。再如运动，你明明知道锻炼身体是重要的事情，也是正确的事情，可是每次你都拖延，你都找理由逃避，你经常在有意无意地"放弃"。

每次放假之前，你都会给自己制定一个假期计划，想利用假期来充实自己，可是一回到家你立刻就懒惰了，吃喝玩乐休闲消遣一样没落下，但你同时肯定依然记得你的那份"假期计划"，只是你最终告诉自己"算了吧""再说吧"。

生活或工作中往往有一些紧急而重要且最终仍然要做的事情，你本来有充足的时间去做，可是你偷懒了、你拖延了、你懈怠了，时间越往后你越焦虑越难受，但最终还是不得不做。

一念之差往往表现在生活中的一些看似微不足道的事情，也往往是这些小事，日积月累就形成了习惯，久而久之，这些"小事"就会变大，就会让你不易摆脱。时间一长你会发现，它们会影响你做事的成功率，会影响你的未来和人生，你会难以掌握自己的前途和命运。你的一念之差很重要。人生中的任何结果都是你的选择，今天的生活是由自己以前的选择决定的，而今天的选择将决定自己今后的生活，这些选择往往和你的态度和意识有关。

所以有时改变一个人命运的，并不是人所面对的那些需要三思而后行的大事，而是某些看似微乎其微的甚至习以为常的小事。在不经意间，往往是一个并不在意的念头，就导致了完全不同的结果。对于漫长的人生而言，一念之差只发生在很短的瞬间，结果却可以重塑一个人，相反也可以毁灭一个人。一念天堂，一念地狱。冷眼看世界，世界残酷冰冷；热心对生活，生活温暖如春。

一念之差，这一念的时候你往往是知道对自己产生的影响的，所以你完全可以对这一念进行掌控，决定其走向。这个选择完全是可以由你自己做的。

11 世间之事多在于自身

越长大,越孤单;越长大,也越无法回到从前;越长大,发现自己越不纯粹;越长大,发现自己越来越没有原则。

人随着成长,想法越来越多,欲望越来越多,与此同时,烦恼和痛苦也越来越多。一个人烦恼的来源大多是因为想多了,一个人痛苦的来源大多是因为能力不够。

每天一回到家就陷入了一种无所事事的状态,然后便忍不住开始刷手机,心里也很清楚自己不应该这样做,于是刷手机的时候一边刷一边痛苦着,眼睛盯在手机上,心里一直告诉自己这种行为是错误的,刷完手机后就更痛苦、更烦恼,并且什么都不想做,陷入到一种绝望之中。

无所事事是因为目标不够清晰,能力尚且不足,更关键的是无法克制自己,从而带来了源源不断的烦恼和痛苦。

生活中的烦恼很多都是由自身产生的。当你没有足够的能力来处理自己的情绪、控制自己的情绪时,烦恼就会产生,问题就会产生,并且往往烦恼会越来越多,问题也会越来越多。

我们常说人生不如意之事十之八九,其实多半来源于自身。人间就是这个人间,现实社会就是现实社会,外界环境始终存在,关键是你如何把握自己的内心,如何处理自己的情绪,如何提升自己处理现实社会中各种事务的能力，如何看待现实，如何解决问题，如何减少烦恼。这个主动权是握在你手里的，你才是那个变化的。现实社会还是现实社会，它是一个客观的存在。

人，是在现实社会中寻求改变、寻求机遇、寻求成功的。大海航行靠舵手，你只有勇敢地撑起舵，努力地稳住你脚下的船，这样才会航行出属于自己的航路；如果你连桨都懒得拿起来，那你就只有随波逐流、听天由命了。运气好的话晴天之下风平浪静，运气不好的话风起云涌，一个海浪过来就翻船了。

当然，我们人生中之所以充满烦恼的另一个原因是人性的复杂和充满欲望，而一旦欲望无法实现，人就会在现实生活中产生落差感，从而造就痛苦。那么明白根源后我们要做的第一步，就是如何使自己简单化，让自己变得简单；接着是控制自己的欲望，要分清合理的欲望，让欲望成为自己努力前进的动力。

如此，烦恼与痛苦就会少很多！

12　选择与未选择

人生总会面临选择，当我们选择了其中一个，就意味着要放弃另一个。如果选择对了那还好，如果选择错了便会后悔，便会有遗憾。当然，更多的选择是机会与遗憾并存的。

2015年，我选择去新疆读大学。在当时甚至在后来的大学时光中，我并没有觉得这个选择有什么不好，可当我工作之后，于今天再回头去看时发现：如果当时选择就近在省内读大学，那我会不会最终很有可能在家乡或是离家乡近的城市找一份工作？这样的话就不会有今天进退维谷的局面了。当时去新疆读大学确实对我人生的各方面产生了重要的影响，比如眼界、格局……可同时也为大学毕业后的工作问题带来了局限。

除了求学、就业这些大的选择之外，生活中有许多小的选择同样不容易做。比如，现在的职场年轻人，如果选择在职场努力工作，那他在生活中往往要牺牲掉个人的时间、兴趣、爱好；可如果他选择做自己，那么快乐是有了，但他在职场中的发展可能会受影响。

很多时候这种小的选择往往使我们很无奈，我们一方面面临的是职场生存，另一方面面临的是人格尊严。我们很多人在这一点上痛苦抉择，迫于生存压力很多人最终还是放弃人性中闪光的部分，最后为了几两碎银、为了一日三餐让自己面目全非，再也找不回原来的自己了。

  选择往往会有遗憾，选择总会有沉没成本，这一点是我们无法逃避的。但我们在面临选择时可以考虑一个问题：如何选择能让自己不后悔？如果这个问题考虑清楚了，那么即使选择有遗憾，我们也能坚定自我，坦然面对！

13 事情永存，问题永存

工作之后越发觉得：人每天的事情可真多，好似无穷无尽。工作忙的时候事情多也就罢了，怎么工作清闲甚至不工作的时候也有事情不断来打扰呢？人怎么就停不下来呢？即便偶尔什么事也没有，什么事也不用做，可问题却依然存在，毫不夸张地说，在我们的一生中，问题是连续不断的。

人生就像一个齿轮，每天都在运转，不停地往复。我们的日常工作就像这个齿轮一样，从工作开始到结束，还没等你歇两天，下一阶段的工作又来了，不停地往复。

工作上的忙碌也许还不算什么，更多的是由我们自身所"制造"出来的事情。细想一下我们会发现，生活中无穷无尽且令人疲惫不堪的事情多数是自己生产的，仿佛人就像机器上的一颗螺丝，永远在不断地消耗自己。人生就是一场不停的消耗，不管是被外界环境消耗，还是自主的内耗，都会持续地加诸自身。即便没有了工作上的消耗，人也会在不断内耗，因为人总是会不停地给自己找事情，总是会不停地做事情。那么只要做事，问题就会存在。而且即便你什么也不做，问题也会产生。

有一个周末我无所事事地躺在床上，什么事情都不想做，就想一直躺在床上，即便睡不着。可躺着躺着我忽然伸了个懒腰，这一伸不要紧，只听见我的背部脊椎忽然响了一下，一瞬间疼痛感便涌上来，不弯腰还好，只要稍一弯腰疼痛感就更加强烈。到了下午发现疼痛感还是没有减缓，我赶紧去医院拍了个片子，结果显示没什么异常，过了两天后不疼了，我才彻底放下心来。

由此可见，即便你一天什么事也不做，也依旧会产生问题，对此我总结了五个字：躺都躺不平。这五个字一方面反映的是当下的社会现状，另一方面也是说即便你不想找事，事情也总会找上你。只要你活着，这种规律就无可避免地会发生。即便你是古代至高无上的帝王，也会有接连不断的事情等着你做，也会产生持续不断的问题，根本做不到无忧无虑，即使在现代有人能过得无忧无虑，那也是有人替他承担了，有人为他遮风挡雨了。

所以对于我们而言，接踵而至的事情和无穷无尽的问题是一种正常的也是一种必然的状态。只要你活着，这些事情和问题就会存在。

我想，面对问题不断的生活，最好的解决方式就是拥有面对问题的勇气和解决问题的能力，并且拥有控制自己的能力。有决心去控制，有勇气去面对，有能力去解决，这才是我们面对问题的态度。

14　活着不易

人活在这个世上，不是件容易的事情。

活着要面对许许多多的人和事，要时时刻刻去处理问题，还会时不时地身处困境。生活中的问题似乎源源不断，活着似乎永不停歇。

活着需要我们去学习，去学习该怎样生活，去学习如何去处理问题，去学习如何更好地活在这个世上。可是即便有一天这些我们都学到了，我们仍然要面临问题，要处理问题，我们仍然要去做各种各样的事情。这样的忙碌好像是件至死方休的事情，只要活着就好像没有个结束。

活着往往不能随心所欲，既要克服外部环境困难，更要弥补自我的内在缺陷。

活着就像一张单程船票，注定无法后退、无法回头。在这条船上，我们只有一个方向，那就是前进，不管你愿不愿意，结果都无法改变。所以，活着从一开始就是一件无法选择的事情。

一个人从出生到死亡，都要面临这样的铁律。那你说人活着还有什么意义？也许正是因为人发现了这种无意义性，所以又选择在这有限的生命里去追求意义，也许有的人找寻到了自己活着的意义，可他接着会发现这条找寻意义的道路似乎没有尽头，这个时候更大的烦恼也就产生了。有时候往往知道太多的人还不如一无所知的人。

不论是面朝黄土背朝天的农民，还是西装革履的达官显贵，活着都不容易，都要去面对他人、面对社会、面对世界，更要面对自我！

15 对错是非不易量

求学时，我一直对是非对错有明确的标准，认为一个人做事对就是对，错就是错。那时我经常以对错衡量别人。只要是自己认为这个人这件事做错了，就认为他（她）人品有问题，认为这个人不值得交往，并从此与这个人不再交往。在当时，是非善恶这几个字好像很清楚地写在我的脸上。中学时期觉得一个人人品不行就不与他（她）交往，大学时期觉得一个人有问题就直接删掉他的联系方式，现在看来当时的这种行为很幼稚，可当时这种行为在我心里是很有棱角、很有原则、很有立场的，是在坚定地"做自己"。

随着大学毕业，到后来参加工作，我的想法逐渐发生了变化。

很多事情在做的时候很坚定，觉得自己没错，可在做完之后却发现自己的很多做法或多或少对别人产生了影响。比如，你有一个关系很好的朋友，可就因为你无意中做了一些事，给他（她）带来了伤害，导致你们之间关系疏远，你很想挽回，也试图挽回，可就是再也回不到从前了。

我有一个关系比较好的初中同学，有段时间他手头紧跟我借钱，约定好还的时间我就借给他了。结果到了约定还钱的时间他却没给我还上，说是别人欠他钱没及时还。我当时心里是不高兴的，因为我是基于对他的信任而借钱给他的，而他最终却违反了借钱时的约定。即便他有自己的原因我也不认为这是他失信的理由。后来我又借给他几次钱，最终的结果都一样：没能及时还。再后来他再找我借钱我就推掉了，因此我们俩的关系慢慢变淡，逐渐疏远。

后来我思考了这件事，初中时期他这个人比较仗义，人品也不错。借我的钱他最终也还给我了，唯一不足就在于他没有及时还，可这个原因也许就像他说的一样是别人没给他还导致的，从这一点上很难说他这个人不好什么的，或者说他人品有问题等，这些都有些言过了。又或者假如最开始他跟我借钱我就找个理由不借给他，那还存在他未能及时给我还钱这个问题吗？还存在我们的关系疏远至此的问题吗？可转念再一想，这能怪我借钱给他吗？好像也不能。

所以很难通过这样的一两件事去定义一个人的是非对错，也很难通过这个人的一两次行为去定义他的是非对错，我相信绝大多数人的内心还是想好好做事、好好做人的，只不过有些时候他也是不得已才做了一些让别人感到不愉快的事情，或者有些事情他做的时候就没觉得不对，做完之后才意识到自己的不对，你说这样的人能用一句话概括吗？这样的人能用一句话论断吗？显然不合理也不全面。

人是复杂的动物，人生活在一个复杂的社会环境中。这种复杂性决定了人的行为往往不是由单一原因造成的，而是由综合性因素导致的，故而评判一个人要综合、要全面，更要换位思考。这个世界上好人占少数,坏人也占少数,大部分人都是好坏参半、较为综合的人,可以叫作"灰色人"。这是基本的客观事实,是一种正常现象,生活中难以论断是非的问题很常见,我们首先要能正确看待,也要能正确对待,之后再以此为基础寻求可操作性的解决之道。

16　错误易揽之

大学毕业前，我从来没有觉得自己做的哪件事是错的；大学毕业后，我逐渐开始觉得自己有些事做错了，或者说做得不好；几年后的现在，我觉得自己的错误越来越多了，问题也越来越多了。

究竟是什么原因导致几年间认知的差距如此之大，是以前我真的没有过错吗？是后来的好多事情真的是做错了吗？大学时期我的心思主要在自我探索，更多关注自我丰富上，所以那时候无论做什么事都有一个合理的理解、合理的归咎；工作之后虽然依旧要自我探索、自我丰富，但依靠的已经不再是多体验、多经历了，依靠更多的是自我反思。反思后就会发现自己的问题，再落到具体的事情上就会觉得自己有错，或者觉得自己没做好。

面对与他人交往时出现的错误，可以尽量减少与他人的交往，但这绝对不是解决之道，更多的错误是来自自己的生活习惯，来自自己的未能克制自我。这样想来，工作之后的诸多错误有自我要求严格的成分，这是自我反思之后产生的一种必然结果。

在生活中经常进行自我反思的人，说明他是有意识要改变现状的，这是一种自我要求进步的体现。认识到自身的不足，短时间内又未能改变,因此产生痛苦的感觉,产生错误来源于自身的感觉。

认识到错误才能进行改正,才能成长、成熟。所以错误是一个人在自我进步之前的必然历程,假使一个人意识不到自己的错误和不足,又哪儿来的进步和成长呢?一个经常自我反思的人说明他已经具备了自我意识,具备了要改变的自我意识,他所需要的是方法和时间,以及做自我斗争的一个过程。这样一个过程往往是艰难而痛苦的,但一旦战胜了它,往往会产生质的成长和提升。

17　善良应有度

我们经常认为自己是一个善良的人，认为自己有一颗善良的心，所以我们经常会做一些自认为会帮助到他人的事情，可最终的结果往往事与愿违。

善良应有度，帮人应有度。善良应该是一种明智和有节制的行为。

善良的表现并不一定要通过物质的方式来实现，我们可以通过关心、鼓励、理解等方式来帮助别人。善良并不意味着一味地满足他人的需求，而是要有分寸和自我保护的意识。当他人需要帮助时，我们可以考虑提供一些帮助，但不必全盘接受对方的要求，而是根据自身的情况进行判断。如果我们已经很忙了，就可以委婉地拒绝，或者提出其他的解决方案。如果在行动中不加思考、不量力而行，就可能会让自己陷入麻烦和疲惫之中，而这样的帮助，也不一定能够真正帮助到别人。

在生活中，我们需要学会平衡自己的利益和他人的需要，不能仅仅为了满足别人的需要而忽略了自己的利益和安全。在帮助他人的时候，我们需要理性思考，审时度势，不要过度透支自己的身心资源，更不要把自己置于危险的境地。我们需要保持自己的心态平衡。我们需要在保持善良的同时，不要让自己陷入过度的情绪波动中。保持自己的心态平衡,不仅可以帮助我们更好地应对他人的需求,还能让我们保持身心健康。

　　善良是一种美德,我们需要在保持善良的同时,学会拒绝不合理的要求,保持自己的心态平衡,更多地考虑自己的利益和安全,这样才能更好地帮助别人,也能更好地帮助自己。

18　半饥饿的清醒状态

一杯水，如果盛满了就再装不下了，继续装只会溢出来。

在生活中我们都会有这样一种感觉：当肚子空着时，我们对其他事情提不起兴趣；可当我们吃饱饭后，却撑得什么也不想做，什么事也懒得思考。

就生理学的角度而言，适当的饥饿是可以吞噬掉一些衰老细胞或病变细胞的，来完成人体的自我修复的过程，从而让人体变得更加健康，从而帮助我们延缓衰老。

当我们处于半饥饿状态时，会更自觉自主地付诸行动，在行动中动手、动脑。

人吃得越饱的时候越想睡觉，反而是半饥饿状态下头脑最清醒。所有生物都是在吃不饱饭中进化过来的，在半饥饿状态下我们的体能和智能通常是最好的。当我们吃饱饭时，最大的特点就是不想动，甚至连一页书也很难看进去。

人类的进化是在人处于半饥饿状态下推动的，就像一个杯子，只有在未盛满水的情况下它才有空间再次盛水。

19　孤独是常态

一个人从生下来,到他成人之前,一直有父母的陪伴,基本体会不到孤独,也不知道孤独是什么;在大学的四年里,一直有同学陪伴,过着集体生活,孤独也不会太明显;再到结婚之后,有伴侣以及孩子的陪伴。

一个人真正的孤独是开始于大学之后,即进入社会之时。当一个人工作和生活都只能依靠自己、独自一人面对时,孤独感便会尤为明显。没人陪自己说话,有时甚至不愿同别人说话,这是一种孤独;没人理解自己时又是进一步的孤独。最难的是第三种孤独:有思想的孤独。这种人很难在周围找到同类,他的很多想法,往往只能和自己对话,只能与自己交谈,只能向自己倾诉。倘若能够正确应对孤独,那么还好;倘若定力不够,一个人面对孤独是很难的,因为这个时候这个人很有可能处于心理封闭的阶段,而一个人一旦封闭久了往往会出现很大的心理问题。

所以说孤独对于一个真正孤独的人来说是必须面对的,并且要克服的一种状态,要学会与自己独处,这是一门学问。能做到这一点,也就超越了常人——心态非比常人,境界非同寻常。

人是社会性动物，是群居的动物。而今天面临孤独的人越来越多了，是因为今天的社会互联网越来越发达，每个个体都可以借助一部手机生活，从而尽可能减少与社会中其他人的联系。但互联网是一个虚拟世界，它往往会使人更空虚、更孤独，长此以往，人们就会越来越多地感到孤独。

　　所以在生活中我们应该学会面对孤独，学会适应孤独。我们可以在享受独处时光之外，尝试与其他个体联系、交流，尝试理解他们，从而相对独立而又相互联系地生活在这个社会网络中。

20　辗转反侧终失眠

夜深人静的时候，我们经常辗转反侧，难以入眠。失眠的时候我们的大脑是清醒而活跃的，我们往往处于纷乱的思绪中，即使理顺了也在反复地想。也许我们是在探索自身，又或者是在问询自我，还有可能是在思考这个世界、这个社会。辗转反侧说明自己的心不安定，这是一颗处于社会环境中的不安定的心，是一颗不知如何定位的心，是一颗找寻方向的心。我们为什么会失眠？失眠的人，终究是对自己未能释怀。

失眠的人，也许是在深夜里崩溃；失眠的人，往往不知因何而起，也不知为谁，大脑通透的时候能想清楚好多事，可在天亮后又忘得一干二净。这样说来，失眠是一种消耗，是心力的消耗。

安静的夜晚，带来的往往是对生活琐碎的思索和对未来的迷茫，夜晚不是用来睡觉的，它可以用来失眠、崩溃、思念、后悔，人在夜晚似乎比白天还累⋯⋯

21 恐惧多是虚幻

"世上无难事，只怕有心人。"这句话对于我们绝大多数的普通人而言，还是相当正确的。我们既没想成为很有钱的人，也没想成为很有权的人，更不会直接妨碍别人的根本利益。所以，在我们大多数人的一生中所遇到的所有的难事应该都是可以解决的。这样说来，对于我们的人生，我们又有什么好恐惧的呢？

恐惧工作。如果你恐惧你当前的工作，那说明你无法胜任这份工作，或者是你不喜欢这份工作，不喜欢工作的环境；如果你无法胜任，那么你可以通过学习来提升自己的能力解决这个问题；如果你是不喜欢，那么你大可以辞职重新去找一份自己喜欢的工作。世间何止三百六十行，人又哪会被其中的一份工作限制住呢！

恐惧人生道路上的困难。首先你要做到心里有所准备，准备好面对这个困难，然后再想解决之道，办法总比问题多。任何一个困难都会有不止一种解决办法，所以把你的能力、智商用起来，勇敢地去解决这些困难。当然，如果你有稳定的经济来源，或者说你有一定的赚钱能力，那就更不用担心了，因为钱就是你最大的后盾，你尽可以放手去解决那些问题。

恐惧未来的不确定性。不用恐惧。第一，正是因为它还在未来，你还有时间做好准备；第二，你还要夯实自己的能力以便让自己在未来遇到机会时能够游刃有余。

恐惧自己。这恐怕是人最大的恐惧了。但倘若你能够做好自己，又有什么好恐惧的呢？当你自身拥有强大的信念，你无比坚定自己、信任自己时，你还会恐惧自己吗？当然不会！当你能战胜自己时，你还有别的难以克服的事情吗？估计相当少了。

所以，当你做好自己时，我相信你的人生会顺其自然地向好的方向发展。

人生着实没什么可恐惧的，一切的恐惧只不过是由于你的担忧，由于你的心里所想而产生的。面对担忧要坚定自己，要相信自己。

说白了，当你对自己、对这个世界、对人生有清楚的了解和透彻的认知后，你就没有困惑了，唯一需要关注的就是你自身了，取决于你怎么去做，怎么去选择，怎么去面对自己！

岁月不待人，想做什么就抓紧时间去做。人生，不过尔尔。

22　绝望时隐时现

我们身处在一个快速发展的互联网时代,生活在一个越来越复杂的信息时代。

在我们生活的这个时代,物质世界的发展速度超过了精神世界。这样就产生了一个问题:人们的心理问题越来越多了,这些问题如果不能及时解决,常常会令人感到绝望。这时就会对这个世界极度失望,同时对自己也极度失望,这样的人眼里已经看不到希望,已经不再期待。

绝望的人往往封闭了自我,不断地累积负面情绪,却没有将它们排出的通道,久而久之,他当然就承受不住了。这样的人只会承受压力,却不知该如何释放压力;只会接受情绪,却不知该如何宣泄情绪;只会接收失望,却不知该如何寻找希望。他的身体就成了一个只进不出或者进大于出的情绪垃圾桶,长此以往,一旦内心无法承受就容易走向极端。

任何事物都具有两面性。苦难与幸福一直在,问题与办法一直在,悲伤与快乐也一直在,关键是你不能只盯着其中一方面看,你有两只眼睛,还要去看另一方面。

倘若我们对这个世界有一定的认知,对人生有一定的认知,对我们自己有一定的认知。那么我想，还不至于到绝望的程度，即便有时会感到绝望，绝望也很难压垮我们！

23　青年几许？人生几许？

时间如白驹过隙，时间如滔滔流水，时间有着自己的节奏，它一刻也不停歇。人这一辈子，说短不短，还是可以做一些事情的；说长也不长，倏忽尔。

还记得上学期间寒窗苦读时，总觉时间过得慢，一个星期、一个月、一个学期，都觉得慢。那时的时间都是在等待中，等待回家，等待放假，所以等待也就变得很漫长。工作后，觉得每一年、每个月、每一天，甚至每一个小时都过得特别快。

每天清晨醒来，如果你稍不注意的话这一天就结束了，或者即便你稍一注意，这一天也会很快就结束了。由一天到一周，无非是又多了几个这样的一天而已，从周一到周五，从周五再到周一……如此往复。如今的时间感知好像是以月起步的，例如现在是五月底，那么马上就要迎来六月了，当六月来临后，七月、八月的暑假就不远了，暑假过完后就到九月了；到九月的时候我们会期盼十月的国庆假期，国庆假期结束后心想：这一年竟然不知不觉就剩两个多月了，回想过去的十个月都不知道自己做了什么，好似没有一点印象；十一月不紧不慢地过去，就会迎来这一年的最后一个月：十二月——也许这个月人们会过得"慢"一些，因为十二月是一年中的最后一个月，为了惋惜过去的十一个月，所以会格外珍惜最后这一个月，珍惜最后这一个月的每一天，从而使自己在最后一个月里认真感知时间的存在。

就我自己而言，最近这几年每年的十二月二十三日前后我都会计划外出爬山，从而让自己更深刻地感受一年中的最后一个月。然后到了一月便又要开始计划回家过年……二月回到单位，到了三月春暖花开的日子就会有人说一年中三分之一的时间已经过去，到六月时有人会说今年的一半已经过去了……

所以，如果以月为计时单位的话，一年的时间是很短的。同样，还会觉得十年的时间长吗，还会觉得十年后是很遥远的事吗？好，下一个问题来了，你觉得你的人生有几个十年？

现在，从人生的那几个十年回到我们的青年时期，想想我们的青年时期能有多少年。一般情况下二十岁之前你可能还在上学，那就从二十岁开始，三十岁就是一个很明显的年龄界限。所以我们可以认为青年时期是从二十岁到三十岁之间的这十年。

这十年是什么概念？是一个人的青春，是我们人一生中最好的十年，是我们一生中最珍贵的十年，最终我们一生所经历的难以忘怀的事情几乎都在这十年；这是我们认识自己、完善自己、丰富自己的十年。毫不夸张地说，三十岁以后的你是什么样很大程度上取决于这十年间的你。这十年间的你，或多或少还具有可塑性，一旦过了三十岁好多事情好像就固定了，好像就不那么自由洒脱了。

所以在我们的一生当中，青年时期毫无疑问是最重要的。

青年时期，承载着你的梦想，承载着你的心志，承载着你的能力，承载着你的光辉，承载着你的远方……

如果青年时期你都不珍惜，你都荒废，又如何指望你珍惜中年、老年的生活？

二十岁到三十岁的这十年，无论你是享受也好，努力进取也好，尽量不要荒废，尽量去重视这最宝贵的十年。

假如你现在的年龄刚好在二十岁到三十岁之间，那么，问问自己，这十年的光阴你还剩几年？过去的几年你是如何对待的？剩余的几年你将做什么？你将如何对待所剩不多的青春？哪怕这十年你现在只剩下最后一个月，也依然能够去做一些事情，它值得你认真对待、认真思考。

青年几许！人生几许！

{第三辑}

1 人，世界，生活

无论一个人也好，两个人也罢，一个人也要活得很精彩到位，两个人自然更好一些，因为那是两个灵魂为伴。

两个人活在这个世界，至少不会感到那么寂寞，那么寒冷，至少是两个人一起面对这个复杂而丰富的世界。

这样丰富的世界，是不能少了人类的，否则这世界会太单调与无聊。正是有了这许许多多的世人，你才看到有那么多的悲欢离合、喜怒哀乐，正因如此，世界丰富而多彩；正因如此，世界才有各种各样的可能性，就像在独克宗古城酒馆里的所见所闻一样，在酒馆里的人，他们的表现是一种追求，是一种快乐，他们追求的是如何更好地享受这个精彩的世界。

正是人，为这个世界提供了种种的可能性。

旅行，是能把人、世界、生活这三者结合起来的一件事情。旅行的意义应该是成为那个更好的自己，更好地完善自己。

读书同样也可以把人、世界、生活统一起来。

读《西西弗神话》与《斯通纳》使我意识到西方文学的可读性和意义。它能使人对世界、对生活了解得更通透、更深刻。《西西弗神话》的荒诞让我触摸到了生活本质的皮毛；生命的虚无，而未来生活呈现极大的精彩与意义。《西西弗神话》似乎可窥永恒。

《斯通纳》让我看到了人活在世间更本质、更真实的东西，它似乎可以教会我们什么是真正的生活……

人的一生是中和的，又是前进发展的。有一个形象的比喻：人像一把利剑一样剖开混沌的迷雾。

世界就是这个世界，现实就是这个现实，人生也就是这样的特性。问题是：你怎么做？你该如何努力？

很重要的一件事要明确：你喜欢的、你热爱的、你追求的，到底是什么？

人生除了享受，还有一部分叫责任与担当，责任与担当对一个人的人生来说是必要的。责任与担当并不总是痛苦的，还有愉悦。

一个人在这个世界上是有主观能动性的，是可以始终牢牢地将自己的人生把握在自己手中的，也能使自己的人生呈现出鲜活的色彩。

一个人当下所生存的境况与他的性格密切相关，个人的主观能动性能在自我的人生历程中起到重大作用！这个世界复杂、奇妙，正反辩证。就像是有一只看不见的手不停地把控这个世界，所有的人都处于这个世界之中，都处于这个世界隐秘之手的调控中，无一例外。这同样是由人的复杂特性所决定的！

我对这个宇宙起不到作用，我对这个地球也起不到作用。我的躯体，我的生机，只能对我个人的一生起到作用。

作为人的属性而言，社会中的问题是永远存在的，关键在于如何解决问题！如何提升自己解决问题的能力！有人在的地方就会有问题产生，这不以人的意志为转移。

当然，即使一个人再有能力，可若没有他人的帮助与合作，恐怕也是难以成功的。

所以，在这个世界上，建立自己与他人的联系是很有必要的。这能使我们更好地、更从容地在这个世界上生活。

当然，就算一个人的时候也不要紧。

关于人、世界、生活，一个人难免孤单，可就算孤单，仍要热爱世界、热爱生活、热爱自己，最重要的是热爱生命。

罗曼·罗兰说："世界上只有一种真正的英雄主义，那就是看清生活的真面目并且还能够热爱它。"

在热爱世界、热爱生活、热爱自己前，首要的应该是热爱生命，热爱生命包括自己的和他人的。

人是生活在这个世界上的，这就是人、世界、生活三者的有机统一。当然，最好是你能认真地对待这世界上的每一个人。

在看破生活的真相之后如何更好地热爱生命？热爱生命需要的是一种态度，而非方法。

这个世界上的所有事情，或者说要做的所有事情，也可以说人类的行为，主要就是由意识与态度决定的。意识决定了你能不能持续做、能不能坚持做的问题，态度决定了你有没有好好做。

态度与做事有关，而意识与自控力有关。这两者合起来决定了你能不能持续地好好做事情。故意识与态度对一个人的人生而言至关重要。人活着，是一种态度，是一种意识，也是一种统一人、世界、生活的热爱生命的英雄主义。

  人生辽阔,莫要局限自己!多去实践,多去锻炼,开阔自己的眼界,事要多做。

2　热爱生命，热爱自己

在看破生活的真相之后，如何更好地热爱生命？

热爱生命需要的是一种态度，而非方法，是一种统一人、世界、生活的热爱生命的英雄主义。人、世界、生活，人生的方向与理想是需要建立在这三者之上的，是建立在热爱生命与热爱生活之上的，唯有如此，理想与方向才会清晰可见！故人生的方向与理想应该是与人在这个世界上的生活密切相关的。

我们的生活同时又受我们所处的社会的深刻影响。这个社会有太多的混沌和矛盾，要想摆脱这些，唯有让自己像一把利剑一样，锐利前行，穿破这重重的混沌与迷雾。

要充分展现个体的力量，个体的选择，个体的决断，个体的精神，个体的魅力与价值……个体是重要的，个体也是主要的，像一把利剑一样穿梭在时间的长河里，以生命和时间的名义，去不断创造。那么，岁月将无法限制你。

"利剑"的重要含义，不在于周遭的环境怎么样，而在于你自己做什么！

把握时间，追求梦想，简单生活，热爱生命。经此一生，当欢乐、愉悦。

人之一生，七情六欲，爱恨情仇，贪嗔痴恨……人之一类，至今日之时,乃精神与肉体,现实与理想的矛盾,挣扎与痛苦……人生一世,几十年而已,碌碌终生,何乐也?

世间之人,上自权贵,下至黎民,权贵凡事可得亦可失,黎民凡事可乐亦可忧,自古人之狠者必有失事。故上善之道,不在今日之权贵,亦不在今日之黎民。上善之道首在自身,首在个体。个体之为,千差万别;个体之心,千思万索。正是个体之为致将来之事,致未来之社会、之国家、之生民走向发展。故非唯他人之权、之庸,首在个体为之立心、立命乎!

做想做之事,立想立之命。

观天下之事,察天下之人,可得乎?可也!事非唯难,而在于个体之力、之思逮之。

3　生命的期待

生命对我有什么意义（对生命负责），或者说生命期待我的什么？

一切自由、一切真理和一切意义都依赖于个人做出并实施的选择，表现在个人生命在具体时间的具体意义。

一切都取决于每个人是否用行动创造性地使生命的意义在他自己的存在中成为现实。

生命对我有什么期望？现在就是一切，今日包含生命永恒的新的生命问题。不管在任何情况下，坚定生命无条件存在的意义的信念，通过行动、爱、苦难赋予生命意义。

让生命有意义！每个人都必须为自己的存在负责。内在实现的生命意义，一旦达成就是永恒！

用一句简单的话来说：给这个有活力的躯体，注入灵魂（性格特征），再注入希望。毫无杂念地去实现它，去实现生命的期待！

4 生命的本质与意义

人生的矛盾与冲突，其实是理想与现实的冲突！故而个人应致力于解决这一矛盾与冲突，抑或是避免这一矛盾与冲突。

也许这是人终此一生需要面对的问题。

人是要平衡的，人也是要发展的。发展为平衡提供保障。

理想是人对美好生活的向往、期待，在追求理想的过程中所做的努力、选择、追求、拼搏，由此便构成了人短短的一生，或终生平庸，或波澜壮阔，或此起彼伏。

而人所面临的现实问题除了先天环境因素导致外，最主要的都是由人自身的弱点衍生的问题，总之，人带来问题，再解决问题。

由此可见，这并非人生的意义，而是人生的本质。那么，怎样过有意义的人生？

第一，克服自身弱点或性格缺陷。

第二，珍惜时间。人之一生何其短暂，故不可浪费时间，应尽量珍惜时间。

第三，热爱生命。热爱生命也即珍惜时间。岁月匆匆，不过流水。

第四，有所作为。用时间和生命做正确的事情，用时间和生命有所作为。

时间和生命才是人生的意义，用时间和生命去做正确的事和热爱的事！可矣。

如果热爱的事还不清楚，那就先去寻找——人可以以自己的力量在世界上生活并且创造出生活的意义。

5 做正确的事情

事物都具有正反两面性,在我们生活的世界中,很少有绝对正确的事情,也很少有绝对错误的事。但随着一个人阅历的增加你会发现:确实没有绝对错误的事情,但可以通过一些努力使自己走在正轨上。

例如,努力赚钱。我们都知道有一句话是这样说的:钱不是万能的,但没有钱是万万不能的。由此可知,钱对于我们的生活确实很重要,毕竟钱能解决我们生活中的很多问题或困难。当然,获取金钱的前提是我们要有一个正确的金钱价值观,能正确看待金钱的作用。

珍惜时间。珍惜时间的具体做法每个人各不相同。但是原则却是一致的:尽量少做一些消耗生命的事情,尽量多做一些对自己而言有价值、有意义的事情。

做自己喜欢的事情,这大概就是不浪费生命的最好办法了吧。我们人的一生是有限的,而在这有限的生命中很多人做的事情是多么无聊而没有意义、多么烦恼而不快乐。我们时常会发现,有时生命是虚度的。所以为了尽可能避免虚度生命,就去多做自己喜欢的事情。

自律。自律是一件痛苦的事情,也是一个痛苦的过程,但自律也是一件正确的事情。自律能帮助我们保持一个稳定的心态，可以使我们循序渐进地成长、进步，变得优秀。自律是成功的必备条件。一个人要想成功或做成一件重要的事情，那么自律是不可或缺的。虽然说成功是属于少部分人的，但是仔细观察就会发现成功的人有一个共同点，那就是自律。而对普通人来说不自律会导致生活随意，会导致人生随意，无论哪种随意都是可怕的。不自律尤其会毁掉自己，毁掉自己的人生，不自律很难成事。

　　健康的身体。使自己的身体保持健康毫无疑问是正确的，因为如果没有一个健康的身体，那么一切都为零，故而坚持锻炼，以健康的体魄和积极的心态去面对人生。

　　读书。读书有一个最大的好处在于，能够解答你人生中的困惑。生命中的绝大多数困惑都可以在书中找到答案。就像金钱能解决人的大多数问题一样，读书也能解答人的绝大多数困惑。

　　找准方向，努力赚钱；找准目标，努力奋斗；确定理想，努力生活。即使没有成为成功的人，退而求其次，也请你多做正确的事情。

　　在这个世界上，不要轻易否定自己的想法，自己认为正确的事情，已经做了决定，就坚定地去执行，不要轻易就妥协，因为如果那样的话，你付出的代价会更大，你会失去更多。

　　所以，坚持做正确的事情。

6　健康是第一

健康比什么都重要。所谓宁可做健康的乞丐，也比做病恹恹的国王快活得多。性情乐观、体格健康、充满活力、温文尔雅、有良知、能够洞察事物的本质，这些都是地位或财富无法弥补或取代的。

一个人应该做些什么才能维持健康的体魄呢？避免各种放纵，避免一切不愉快的情绪，避免精神过度紧张。在户外做日常锻炼，洗冷水浴，等等。

缺乏适量的日常锻炼就谈不上健康——保持生命机能的正常运作需要日常锻炼，人体各个器官本身也需要得到锻炼。生命在于运动，运动就是生命的本质。

我们身体内部本身就在持续地运动着：心脏在复杂的收缩和扩张中，强劲而不知疲倦地跳动着；血液通过心跳从动脉、静脉和毛细血管被输送到全身；肺像蒸汽机一样不中断地换气；肠道则永远在蠕动；各种腺体也总在持续吸收和分泌；甚至连大脑也伴随着我们每一次脉搏的跳动、每一次的呼吸，完成了它自身的双重运动。

大多数人生活懒散，不喜欢锻炼，这会让身体外表的静止与内部新陈代谢之间，现出明显而致命的失衡。身体不间断的内部运动要求一些外部的运动来与之对应，一旦缺失，我们就不得不面对压抑或沸腾的情绪。就算是一棵树，如果想要茁壮成长，也必须经受风雨的洗礼才行。

总的来说，幸福有赖于健康。健康是生活充满欢乐的根本；失去健康，就再没有任何事是令人感到愉快的；甚至那些生而为人的好处，如伟大的头脑、开朗的性格，都将因为缺乏健康而黯然失色。

由此可见，最愚蠢的事就是牺牲自己的健康去追求任何其他一时的快活。不管是为了利益、升迁、学问还是名气，甚至为了转瞬即逝的感官乐趣糟蹋自己的健康，这些都是愚不可及的行为。其他所有的一切都应当为健康让路才是。

7 金钱对我们而言

获取财富是一件有趣而令人激动的事情，用经济学的思维去看待这个社会也许会更有趣。

能否致富并不取决于你学历水平的高低，而是取决于你的财富思维，取决于你对财富有没有那颗要获取的心！

假定一个国家当前的生产力是一定的，即总体的生产不变，那么如果出现少数人获取大量财富，则必然有其他人要失去财富。

经济的泡沫是永远存在的，因为这个世界上总有人为了获取财富而不断地各种"炒"，经济被"炒"起来了，人心也就被"炒"起来了！

不了解经济，便谈不上认识社会！从人类史上早期的刀耕火种，到后来的买卖交易、私有化，再到如今的经济全球化。掌握经济规律，了解国家政策，这样你才能生活得更加游刃有余！可以说决策比努力更重要。

一个人若总是陷入生活的困境，多半是因为缺乏赚钱的能力。赚钱需要稳定，各方面的稳定——性格、习惯……这些稳定是获取金钱的基础。

所以如果你想致富，是完全可以做到的，前提是你要做，你要行动。去了解社会，去获取金钱。时间和思想是非常重要的资产，用它们可以去创造财富。

想要获取金钱必须努力、实践、学习，没有不劳而获这一说，必须付出！

财务自由并非不可能，只要你努力、学习、实践、思索，那么同样能够找到通向财务自由的路径。

只不过，这一切取决于你的做与不做！

主动权是掌握在你手里的，你想你的未来什么样，那它就是什么样，取决于你！

获取金钱的规则需要人们孜孜以求地去学习。

那么，从金钱角度来讲，这个世界就只有两种人了。一种是利用规则获取财富的人，另一种是被规则欺骗失去财富的人。当然，还可以存在第三种人，那就是既不生产的人，也不会利用规则的人。

一个人要实现财富自由，重要的是拥有赚钱的能力、理财的思维。

8　幸福在何处

只要对生活稍作考察，我们就会发现，人类幸福的两大宿敌是痛苦和无聊。当我们足够幸运逃离了这两大宿敌时，我们就接近了幸福。

究其根源，痛苦和无聊是一种双重对立的存在，一是外部的或客观的，二是内在的或主观的。匮乏的环境和贫穷会导致痛苦；而倘若一个人衣食无忧，那么他又有可能会无聊。

人们对外部世界发生的一切琐碎的事情表现出不停的、强烈的关注，同样也暴露了他们内在的空虚。这就是无聊的真正根源——内心空虚的人为了寻求刺激，不断用各种无谓的东西充塞大脑和心灵，单调又乏味。为了打发时间，他们可谓毫不挑剔，饥不择食地沉溺于五花八门的社交、消遣和享乐。无所事事、飞短流长的人也不在少数，结果自然都是以痛苦告终。这样的不幸只能靠内在的力量，亦即精神财富来抵御。精神越是丰富，就越不会感到无聊。有活力的思想才是永远不会枯竭的啊！它总能从自己的内心和外界大自然中探索到新事物，并融会贯通——只要思想朝气蓬勃，精神振奋，就能避免感到无聊。

但从另一个方面来说，这种高度的智力乐趣根植于敏锐的感受力。更强大的意志和激情相叠加，一方面增强了情感的强度，加大了人对所有精神的甚至肉体的痛苦的感受，另一方面也令人对于克服障碍更加不耐烦，对于被打扰更容易充满怨气。所有的情感都被想象力给放大了，包括不如意在内。

　　自身内在丰富的人，仿佛是寒冬腊月时身处一间温暖明亮的屋子，充满幸福感，而内心贫瘠的人只能是处于冰天雪地之中，无法摆脱苦闷。拥有幸福的前提是具备丰富的个性和良好的智力禀赋。然而真正获取幸福还要能够施展才能，幸福意味着充满活力地做你擅长的事并获得预期的结果。

　　周国平说，幸福就是让人身上最宝贵的东西有一个好的状态。人最宝贵的东西有两个，一是生命，二是精神，幸福就在于生命的单纯和精神的优秀。生命的单纯让你享受到人生那些平凡的幸福，比如健康和平安，以及爱情、亲情和友情；精神的优秀让你享受到人生那些高层次的幸福，比如阅读、创造和事业。

9　人生的智慧

要认识并且可以欣赏每一个事物，必须结合主观和客观两个方面的因素。

最大限度地利用我们所具有的个人品质，并遵循符合个人品质的方向去追求发展，避免其他的情形，再选择最适合我们个性的人生位置、职业和生活方式。如此，幸福往往会更容易获得。

集中精力保持身体健康、培养个人能力。生命在于运动，运动是生命的本质。幸福意味着充满活力地做你擅长的事并获得预期的结果。

叔本华认为，人类有两大常见的愚蠢。第一是"不是在他自身的本质中去寻求幸福，而是在别人看待'他是什么'中寻求幸福"，也就是说，太在意别人的看法，为别人而活。第二是牺牲健康去谋求别的东西。

人生苦短，不可浪掷虚度，应该物尽其用地好好享受生活的馈赠。青春本身就已足够宝贵。

10　自由地享受时光

我们的一生说长不长，说短也不短，总有享受生活的机会，倘若一味吃苦受罪，岂不是辜负了这大好的生命年华，也丢失了生命本身的乐趣。

在日常生活中，我们完全可以抽时间去享受休闲的生活，不要给自己增加压力，学会减压，去思考在自己空闲的时间做什么事情可以给自己带来快乐。

快乐的方式有很多种，你可以享受独处的快乐，这样的快乐是自由的；你也可以享受追剧的快乐，这种快乐能让人短时间内忘却烦恼；还可以享受与朋友交流的快乐，这样的快乐是愉悦的，也是分享的。

当然，工作也可以产生快乐，当你完成了一件重要的工作，这个时候就会产生满足的快乐，获得成就的快乐。和家人一起吃饭，可以享受亲情的快乐……

总之，快乐的方式多种多样，关键在于你的时间用来做什么。快乐的事情是不难被发现的，你人生的时间是可以由自己掌握的，你人生的选择在一定程度上也是可以由自己做出的。所以你要清楚你的人生的主体是你，你的生命的主体是你，你的时间的主体还是你，你是不能全然地把人生的享受和担当归咎于他人他事，归咎于外部环境的。你的生命期待的是你自己，而非他人，如果你漠视自己的生命价值，那将会是一种浪费，是一种逃避，也是缺乏勇气的表现。

  所以，用你的生命去创造价值，去创造自由，去享受时光，去拥有快乐。

11 去想去的地方

长期在一个地方工作、生活可能会让我们感到无聊、疲惫，甚至心烦意乱，因为我们生活的范围很小，每天做着重复的事情、见着同样的人，这样难免会局限住我们的思维和眼界，同时也会局限住我们的心灵，这个时候很多事情就容易想不通，想不通的时候就容易产生烦恼。

中国这么大，美丽的地方更是数不胜数，我们完全可以将自己从日常工作和生活中抽身出来出去走一走，看一看。当你走在路上的时候，你的心情是愉悦的，你的思维是开放的，你可以放下一切烦恼什么都不用想，你可以轻轻松松地走走停停，将自己无忧无虑地置身于人世间的美妙之中。

你可以去被称为"彩云之南"的云南，在云南你可以欣赏到多姿多彩的自然风光。云南的省会城市昆明四季如春，到了昆明你可以乘坐火车到云南的其他任何地方，可以穿越崇山峻岭到达热带风光城市——西双版纳，冬天是去西双版纳的最佳时节，去感受傣族人民的人文习俗，去看看大象，去看看热带雨林，有些自然风光是西双版纳独有的；你还可以从昆明出发一路向西，去看看大理、丽江这些早已耳熟能详的地方，然后继续沿着这个方向翻越横断山脉进入香格里拉。香格里拉被称为"心中的日月",也被称为"天上人间",在这里我们完全可以摆脱尘世间的纷扰,完全可以将自己置身纯粹的大自然中。英国作家詹姆斯·希尔顿在《消失的地平线》中描述,这里是世外桃源、伊甸园,这里是人间天堂,这里象征着美好、幸福,这里是一个远在东方崇山峻岭之中的永恒、和平、宁静之地——"香格里拉"。

你还可以去占祖国六分之一面积的大美新疆,由于面积足够大,在这里你可以欣赏到百山峡谷、雪山湖泊、戈壁荒滩、雪岭云杉、雅丹地貌……你可以去伊犁,伊犁代表了新疆自然风光的绝美;你可以去喀什,喀什是新疆最具代表性的人文城市,在喀什古城感受祥和、宁静、古老与稳重;你还可以去被称为"东方瑞士"的喀纳斯;去祖国最大的塔克拉玛干沙漠感受深厚无边的壮阔,要是能沿着沙漠公路由南向北走一趟,那将是多么的壮怀与惬意……

你还可以去西藏感受高原风光,感受藏族人民的虔诚;可以去漠河感受雪的厚度;去云贵川的交界处感受自然环境的不同;去江南享受美食,去乘船游水乡……

今天的交通网四通八达,我们完全可以去祖国不同的地方转一转,去领略不同,去感受差异,去开阔自己的眼界,去见不同的人和事,去感受生命的美。

12　享受登山的高度

　　登山,是较有挑战性的运动。越来越多的普通人开始把登山作为一项兴趣爱好,进而发展成一种新的生活方式。

　　登山的类型一般分为两种,第一种是登自然界中的山峰,这种类型往往与徒步联系在一起,对一个人的体能和意志都有一定的挑战性,登山前需要做好充足的准备。

　　当你走进山里,与来自五湖四海的人相遇,为了征服同一座山而聚集在一起,在严酷的环境里同吃同住,在登山的过程中彼此保护、帮助,共同经历风雪的考验和登顶时的喜悦,直到安全下撤。在大自然残酷的考验中,除了自己的身体和心理素质,你能依靠的只有这群陌生人。登山时只会携带必需品,没有人愿意承受多余的负重。当游客们抱怨景区的食物不好吃时,攀登者却为能喝上一口热水、吃上一碗泡面,发自内心的快乐。在登山过程中,大部分时间都没有网络,处于失联状态,反而让人更能集中注意力,从而获得心灵的平静。

　　第二种是登景区内的山峰,这种登山难度不高,且有安全保障,一路相逢的伙伴会比较多,彼此之间完全可以在陌生的情况下天南海北自由自在地聊天。登山跟人生一样,都要一步一步,踏踏实实地走,攀登途中会遇到形形色色的人,你的前面有人领路，后面有人追赶。有人急匆匆一路跑，直指山顶的目标；有人闲庭信步，看山看水看风景；有人半路去走了捷径；有人半途就下了山。山有高度，人有一步一步的坚持与信念。登山是一种运动，是一种放松，也是一个自我追求的过程。未到山顶之前，一步一个脚印，感受大自然的鬼斧神工，感受内心的愉悦一点一点在增加，这是一种仰高山而动的信念。登山界有这样一句话：你为什么要登山？因为山就在那里！我们很少会因为山高而停止前进，反而更加充满信心地想去挑战自己，去证明自己，去领略大自然的生机。

在我们中国不乏名山大川，"五岳归来不看山，黄山归来不看岳"。"五岳"包括东岳泰山、西岳华山、北岳恒山、南岳衡山、中岳嵩山。东岳泰山往往是古代君王告祭的神山，我们登临泰山，在山顶上感受杜甫的"会当凌绝顶，一览众山小"；自古华山一条道，五岳中最险的就数华山了，最有挑战性的也是华山。总之，五岳是各有各的独特，各有各的造化。至于那句"五岳归来不看山，黄山归来不看岳"，那便完全有待亲自体验了，毕竟黄山松树、云海、奇石……景色完全是自成一体的，与五岳全然不同。

除了五岳与黄山之外，我们还可以去庐山，找寻李白、徐霞客等历史文化名人的足迹。登庐山更多的好像不是欣赏自然景色，更像是一个问心、问自己的过程，也是一次见天地、见自己的体会。

如果有实力也可以去挑战珠峰，站在世界之巅一定有不同寻常的体验。

当然，如果周围就有山，那我们也完全可以享受其中，登山不在于高低，也不在于山的名气，而在于我们登山时的心境，在于我们登山时的感悟与体会。用脚步去丈量自己的心，去开阔自己的眼界，去领略生命之美，去培养我们对于人生的态度。

13　有朋自远方来，其乐无穷

朋友是人的一生中极其宝贵的财富，如果你的生活中拥有几位真正的朋友，你的生命也许将不再孤单。真正的朋友在一起相处，不用刻意伪装，也不用怕丢面子，用自己最舒服的方式相处。

好朋友是跟你心灵相通的人，他知道你在想什么，你也知道他在想什么，你们之间有很多共同点，可以分享很多东西。随着年龄的增长，身边的朋友是做减法的。小时候的朋友那么单纯，读书时的朋友那么志同道合，说话那么肆无忌惮。但是，走上社会之后，好像一切都没那么单纯了。大家都必须为了生计而忙碌，彼此的相处时间与空间少了，见面时说的话题变了，说的话也少了。长此以往，难免出现裂痕，关系也会越来越淡。

正因如此，我们在平时的生活中有必要保持与朋友的联系，你可以在空闲的时候与朋友在微信上聊天，去问问好友的近况，还可以约出来一起吃个饭，一起喝喝茶，吃饭喝茶不是重点，重点是随时保持这种联系。与他人的沟通对一个人来说是非常重要的，一个人独处久了，与外界脱离了联系，会变得呆滞，沟通能力、表达能力、共情能力等都会逐渐退化，对陌生事物开始抵触，对陌生环境加以排斥，面对陌生人不知所措，只想待在自己的舒适圈。一个人独来独往，茫然不知前路，长此以往，很有可能让自己越来越丧失自信，会让自己的心情越来越沮丧。语言失去了诉说的出口，就会让我们整个人越来越封闭，而一个人自我封闭的时间越长，便越有可能产生各种心理问题。

人是需要现实中的朋友的，需要拥抱，需要温暖，有了朋友你会发现外界也不是那么可怕，你会更有勇气去面对世界。

所以当心情不好时，不妨跟朋友聊聊，现实社会中总有一些善良、正直、愿意和你聊天的朋友，与这样的人可以多交流。不要局限自己，去见你想见的人，去见人生中那些真正的朋友，即使距离远一点也没关系。经济宽裕的话你可以买张机票，借机旅行散心；经济不宽裕的话你可以买张火车票，也可以去感受不同的城市。要让自己与朋友保持交流，保持联系。

即便你的生活中真的没几个朋友，你也可以交流，你可以去不同的地方见不同的人，在这个过程中你可以观察众生，作为一个旁观者，观察来来往往的众生，心境同样会变得愉悦而宽广；在这个过程中你也许可以遇见几个陌生的同路人，与他们进行交流是一件特别轻松且舒服的事情，因为你可以不用任何防备，与他们自由自在地交流。观察众生，还可以让你对这个现实社会更加了解，自己也就变得更加通透。

除此之外，你也可以去参加一些线下的组织活动，比如说古典老师每年举办的"做自己节·年度演讲"，这个活动在许多大城市都设立了分会场。在这种线下活动中，你可以认识很多优秀或成功的人，可以与他们自由地交流各个领域的发展，更重要的是在这样的活动中你可以得到自我提升与成长，你也许能获得许多自己当下面临的生活困惑或工作困境的解决办法。跟优秀的人进行交流、听优秀的人演讲也是提升自己的方式。

可见，在我们的生活中必须与别人建立联系，我们完全不必自我封闭，完全不用把自己活得像孤岛一样。我们应该勇敢地面对自己，走出去见各种各样的人，见想见的人，这不是一个不得不进行的交流，而是一场美好的交流。

14　时间之解

　　人生是复杂的，也是奇妙的。

　　摆在世人明面上的诸如勇气、欲望、信心、坚持等成功必不可少的条件中，我相信欲望（目标）是最重要的，因为一个人活着若是没有了目标或内心没有了希望，那么这个人如同行尸走肉般，他们的生命是枯萎的！活着的动力就是目标和希望（欲望），即内心想要并且有盼头。

　　这是摆在世人面前的显现的时间线，那么隐藏的时间线又是什么呢？这两条时间线的契合点是什么？

　　当一个人有了目标而为之努力的时候，就出现了一个问题：人的青年时代就那么几年，当朝着专一目标而努力奋斗时是否会错过一些更为重要或有意义的东西？

　　这两条时间线一定有其交叉的地方。人的一生都是两条时间线在交织，在相互作用，彼此矛盾、冲突而又和谐、共生。这两条时间线暗喻了我之前提出的人生的本质、人生的意义。

　　人生的本质是理想与现实之间的矛盾冲突。可单单这样定义似乎有些贫乏，那么在其中融入时间这个东西，就会显得有血有肉了。

　　理想永远存在，现实永远存在，时间永远存在！

现实就像骨骼一样起支撑作用，理想就像肉一样构成人的身躯。没有现实的支撑，又何来理想的构建。

而时间就像身体里的血液一样，没有时间便没有生命。

再回到主题来看：时间的交织。两条时间线：

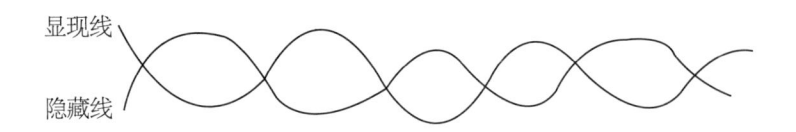

显现线

隐藏线

世界之所以复杂，是因为时间有两条线；世界之所以奇妙，是因为时间有两条线！

一方面害怕浪费时间，另一方面又在不断浪费时间。那么到底什么才是时间的最优解呢？

时间的最优解在于留住时间，在于抓住时间，那么如何能做到这一点呢？——不要怕时间！

在我们的一生中，隐藏时间线总是会影响并作用于显现时间线，可以说显现时间线是我们能看到并预测到的，而隐藏时间线是不在我们的预料之内的，但却在时刻作用着我们，它总是在我们意想不到的情况下出现，给予你各种不同于当下的感受。

这两条时间线同时作用于人的一生，同时作用于人的理想，同时作用于现实，就像是一个调味剂。

世间所有的人都逃不过这个调味剂，甚至世界上所有的生物都逃不开这个调味剂，因为时间的交织线在管理着一切。时间与万物的生命是直接挂钩的。

那么，既然两条时间线总是一直相互作用，那么时间的交织应该是这样：

生命

生命

这是一个一直循环的系统，它的两头是生命。

那么，既然如此，我们对人生又有什么畏惧，又有什么可担心呢？我们对人生又有什么患得患失、畏缩不前，又有什么可焦虑的呢？

大步向前，迎接你的人生，放手去干吧！

15　秉持一心

世间的一切，大抵是七情六欲在作祟，大抵是七情六欲在消耗。这是人性使然，故第一要义在于坚定，在于控制自己的贪、嗔、痴、恨……能做到这一步，才有可能成事。但若只有坚定没有目标的话，那么这样的坚定多多少少是种浪费，没有目标的坚定是很煎熬的。

因人的欲望与弱点，而使人不断地进行无用的自我内耗。人性中的种种弱点，是不可避免的，是正常欲望与过分欲望使然。故这一步的克服尤为重要。

走向成功，创造成功，先决条件是坚定，坚定的心。当然，有心有力很重要；无心无力，亦无事可成。

世间的烦恼大抵是因为自己，因为自己想多了，更因为自己不自律。

理想未实现，大抵是因为自己不够坚定。财富未自由，大抵是因为自己不够努力。

所以，自律对于人的发展而言至关重要。

事若想有所成，必先自律。一个人的强大源于内心的坚定。

内心强大的人，是平和的、自信的、快乐的。决定一个人能走多远的，是他的心理韧性，心理韧性就是从逆境、矛盾、失败，甚至是积极事件中恢复常态的能力。

守住内心的原则，保持良好的人品，尽量做个好人。尽管这个社会很多时候并不美好，然而大多数情况下你拥有什么样的心态，你看到的生活便是什么！

内心坚定，这是一个人的信念所在。一个人此生能走多远，源于他的信念。

无论这个社会如何复杂，面对诸多的诱惑，重要的是要秉持一心，不被干扰。秉持一心，平静致和；秉持一心，不为所动！

一个人之所以常常犯错，时常不能自已，时常摇摆不定，事常常未有所成，常常中断，均在于一心不坚也。

一心不定，故往往沉迷，往往感叹时光飞逝，往往又无所作为，全在于未能秉持一心。

身体之健康，习惯之养成，事业之有为，均在于能否秉持一心。故人生一世，秉持一心何等重要。秉持一心，方可知此生之方向，方可寻此生之目标，方可拥此生之信念，方可无此生之悔矣。

加强自身修养是青年有为的重要方式，而要想在青年时期做到这一点，秉持一心会显得相当重要，不论是长期的理想信念的实现还是短期目标的实现都必须具备秉持一心这个重要特征、重要品质。

人性是任何人都无法摆脱的，时间的客观存在也是任何人无法摆脱的。故人性与时间这两个不变量，只能利用，只能驾驭。而要想做到这两点，一定要内心坚定，一定要做个内心坚定的人。

内心坚定，方能不受人性的羁绊，方能不被人性的欲望掌控，方能摒弃人性中的"恶"，发扬人性中的善。

内心坚定，方能合理利用时间，珍惜时间。

内心坚定，方能不"三天打鱼，两天晒网"。

内心坚定，方能更好地珍惜时间，把握自己的幸福人生。

毫无疑问，不论是人生中的日常小事，还是必然遇到的人生大事，修炼决心都是重要的！

青春啊，牢牢地抓住吧！

如果没有理想来对抗人生，那便只能依靠决心了！

思考你真正想做的事情！

如果暂时没有理想，那就修炼好自己的决心吧！

{第四辑}

1　青年觉醒

毛泽东、李大钊等人,在青年时期不断探索人生道路,在青年时期追求真理、追求理想,在青年时期努力读书、勤奋好学。他们在青年时期为远大的理想、远大的抱负,为肩上的责任、担当而刻苦学习,努力奋斗,矢志不渝。

这无疑为当代有志青年起到了很好的鼓舞作用。青年时期,要好好学习,要努力追求理想,绝不可荒废时日!青年时期,当有所作为。当像毛泽东同志、李大钊同志那样自发地、自主地、积极地、努力地、不断地追求真理,努力读书,认知社会,深入社会。

在年轻的时候,勇敢做事,不要怕,想好了就去做。

人活着,必须相信某些东西——胆识、命运、生命等,这些都可以让一个人拥有巨大的力量,用它们勇敢地去做自己喜欢和热爱的事情,毕竟,生命不再重来。做你认为伟大的工作,并热爱它!

如何"青年有为"?

时间是进取,是机会;人性是取舍,是现实。现实就是现实,生命就是生命。

如何"青年有为"?关键还在于这个"为"字。主要说来就是在青年的时候做什么,同样可以引申到人的一生中要做什么。"现实"就算再现实,它也管不了你每天的方方面面,它也无法全面决定你每天做什么或是不做什么!

觉悟,就是要认清自己在时空中的位置,认清个人与社会的本位关系,处理好个体与群体的关系,做好相应的训练,并以此作为青年修身立志的基础。

青年有为的实现一定是建立在自制的基础上的,自制是最基础的。若不能自制,若不能战胜自我,那么不管是"青年有为"还是"有为青年"都将不复存在。

充分发挥人的主观能动性,发挥人的创造性,青年将大有可为!

2 理想的存在

理想就是未来自己想过的生活，即未来的自己要成为什么样的人。理想除了是去做自己想做的事，还应该是理性的，至少想法是理性的。

一个人的理想应该是与他自己的过往相关的。故而有一个地方能找到你的人生目标，那个地方就是你的心灵深处。

当然，有的人不断努力的状态也许是为了寻找一种理想的生活或者理想的状态，不是为了理想，而是为了理想的状态，能安放自己心灵的生活状态。

这样令人安心的、理想的状态，是与这个广阔而丰富的世界紧密相连的，是与人、世界、生活这三者紧密联系的。

人、世界、生活，人生的方向与理想是需要建立在这三者之上的，是建立在热爱生命与热爱生活之上的，唯有如此，理想与方向才会清晰可见！

故人生的方向与理想应该是与人在这个世界的生活密切相关的。

这个世间什么都不用怕，就怕自己没能力，如果说理想和现实发生了冲突，现实"为难"理想的话，那只能说现实为难的是你的能力。能力不够，当然要被为难，所以，提高能力是一件很重要的事情。

另外，能力再怎么高，再怎么有思维、有格局、有眼界，都不如有一个好的身体，故锻炼这件事应该是永远排在首位的，时刻保持运动。

究竟什么才能作为人一生永久的动力与信念？

理想所指代的并不是"安逸""舒适"，而是人这一生的信念！真正的理想是支撑人走完这一生的信念。那么人一生永久的动力与信念到底是什么？活着不仅仅是生存，更应在此之上找到支撑人走完这一生永久的信念（生生不息的力量）。

这样的信念应当是贯穿人的一生的，而非某个阶段，这样的信念不应是靠苦难支撑，而是靠"沁人的甘泉"来支撑。

财务自由可以作为短期的信念（十年之内），可是，长期的呢？

人的一生，如果缺少了信念，便如同行尸走肉，终日碌碌无为、浑浑噩噩。缺少信念，心中便没有方向、没有目标，便三心二意、摇摆不定。那么，一辈子便也这样浑浑噩噩、茫然不觉地过去了。

若是信念在心，人这一辈子便有方向、有目标，做人做事便始终坚持一心，不为外界所动，始终清醒而热烈。此生也必将有所作为！

以拥有良好的身体为基础，去追求美好生活的金钱物质，去追求远大的理想信念。

设想一下：当你老了的时候，当你走到生命尽头的时候，你有没有遗憾，这样你就知道此时应该做什么了！

理想信念是为了不虚此生!

将时间、金钱、思想使用起来,为了理想信念。相信以我们这一生,用之生命,在广阔的人世间,大有可为!

"世间的一切理想与现实,不过是人性使然罢了。"这句话表明现实不过如此,没什么值得烦躁的,没什么畏难的,不存在什么"现实很骨感"!当一个人发扬向上、奋斗、顽强的一面,就没有所谓的现实困难。故,理想可得。

在现实中寻求人生理想的价值。立志修身首先要接受现实,抓住现在的机会。关于理想首先应该考虑个人的禀赋和兴趣。

我非常赞同朱光潜先生的一个观点:人之所以为人,就在于能不为最大的抵抗力所屈服,朝着抵抗力越大的方向去走(朝抵挡力最大的路径走)。下坚韧不拔的决心,向那条路走去,不达目的不止。

想要成事的两个必备条件:渴望与决心。当然,也应加一些思考,要善于思考!

思考你真正想做的事情。"他将失去理由,他得直面理想!"

个人的主观能动性在自我的人生历程中起着重大作用!内心坚定地秉持一心朝着自己的理想信念走去!

只有内心坚定,没有理想信念,成不了事!

只有理想信念,没有内心坚定,也成不了事!

理想信念既要远大,又不能脱离现实。

青年有为,离不开远大的理想信念。

从时间这个角度来说,在有限的生命里,在更有限的青年生命里,人实在不应该浪费时间。在这样有限的生命里,人最应该做的是应该做的、值得做的和想做的事情。其中最重要的是想做的事情，因为只有想做的事情才能带给你生命的意义。

从人性的角度来说，人性是复杂的，也是奇妙的，人性是善恶模糊不清的，只因人太容易受到诱惑。人性若不加以修炼，则太难以抵抗。故而人性应当加以修炼，也就是人性应该自觉、自律。可这样的自觉、自律总应该为了什么吧，如果是乏味无聊、机械的自觉、自律，那还不如沉迷诱惑呢。自觉、自律到底是为了什么？当然还是为了自己想做的事，或想达到的目的。

青年有为，这个"为"又是什么？

倘若你的理论丰富而缺少经历，那也一定是有目的地去经历，而非漫无目的，因为你的时间是有限的。

综上所述，必须清楚自己想做什么，也就是你的理想是什么，这是唯一且必需的事。修炼决心！直面理想！

基于现实，基于人性的理想与作为，所作所为，基于人性。否则，便是自寻烦恼。

故理想与作为正基于此。

做人要现实，只不过心中要存理想，要为理想做准备。人性有恶，故而要现实；人性有善，故而要发挥人性的光芒。是故现实为多数，光芒为少数，不妨放手去准备、去创造、去发挥。

现实是基础，是理想的基础。

正因为有现实，才有理想。没有现实又哪来的理想呢？人性不光有苦恼之现实，还有美妙之理想，因人性之现实，因人性之美妙，故而理想具有存在性。

理想加上责任担当方为其正，没有责任担当的理想就像毫无经验的登山者试图攀登珠峰一样，显得太孤独，高处不胜寒。

佐以现实之道，理想才得以更好地实现，因现实之道代表更多的人性之道。佐以现实之道，才能更好地去担当、去作为。

人性为本，是为本质；现实为基，为人性之基；理想为证，以理想的存在证明人性的光辉，以理想的实现证明现实的可解性、可为性（作为），以理想的实现证明现实并非固化性；以担当来辅助理想的果实，以担当促进理想的夯实。担当不仅佐理想，也证现实，印人性。

是以今日以理想、担当见证于现实，发扬于人性。那么，人生其实很简单：以拥有良好的身体为基础，去追求远大的理想信念，追求美好生活的金钱和物质。

办法总是有的，途径总是有的，关键是你想做什么，是你是否愿意找寻与努力。

倘若你不知道自己现在该做什么，该怎么做，那么设想：当你老了的时候，当你走到生命尽头的时候，你就知道此时你该做什么了。不妨以未来生命的尽头为导向，来反推当前的行为。

3 读《牧羊少年奇幻之旅》

人的一生究竟应该是怎么样的,也许正如《牧羊少年奇幻之旅》这本书所述的那样,玄而具有隐秘性。

"当你想要某种东西时,整个宇宙会合力助你实现愿望。"这句话给人以极大的鼓励,使我更加坚定个人的关键性及行为性所产生的积极意义与巨大能量,这种玄而隐秘的力量更加强调的是个人的努力及努力过程中的判断、抉择。

"天命就是你一直期望去做的事情。"这句话使我更加坚定自己的人生道路,更加明晰而有价值。"什么也不能阻止他,除了他自己。""生活希望你去实现自己的天命。""幸福的秘密就在于,既要看到世上的奇珍异宝,又要永远不忘记勺里的那两滴油。"这句话的含义是:既坚定追求理想,又要兼顾当下的现实情况,在现实的基础上追求理想。

实现理想的过程其实并不复杂,相反很简单,捧着一颗心去执着就行。

生活永远是,也仅仅是我们现在经历的这一刻。我们要珍惜当下,因为只有当下最真实。关注现在,改善现在,那么,将来也会变得更好,每一天都蕴含着希望。

当未来注定要改变时,未来才会改变。而这个注定不取决于命运，而取决于你自己，取决于你个人，你不做即无改变，你做了那就会出现"注定"的未来。而勇气依然是这个过程中重要的品质。

　　无疑，这是一本好的故事书。它对指引一个人的方向和坚定一个人的信念起到重要作用，它无疑使我们变得更加坚定，更有可能获得成功，它也能使我们每个人变得更好，成为那个更好的自己！

4 修建水库

"有的季节降水过于少,有的季节降水过于多。现在的问题是:要修一座水库,从而应对可能会出现的旱灾或水灾。"

请问:如何修建这座水库?(你可以先自行思考一下这个问题再往下看。)

人的一生似乎就是一个修水库的过程,把人一生的环境比作干旱与湿润的环境,而把修水库的过程比作人如何过这一生。

诸多的经历和体会告诉我,人生确实是干旱与湿润的环境,究其本质的原因是因为人性就是这样的环境,故而这个修水库的过程实则是修人性的过程——发挥人性的优点,克服人性的弱点。

十年之内如何修好这座水库?与物质的充足有关,与个人的思想高度有关,更与人性的修行有关。修好了水库,便可应对人这荒凉的一生。

其一,物质的保障必不可少;

其二,思想高度必须够,否则,烦恼困惑不断;

其三,克服人性的弱点,发挥人性的优点,只有这样才能坚持到到达目的地。

所以,好好修水库吧!用最短的时间。

"修水库"首要的在于理想信念。因为理想信念是支持人一生的永久动力，寻找一生的信念，这是修水库的第一要义。修水库的第二要义在于金钱的获取，即物质，没有物质的水库是干涸的，是贫瘠的。

故理想信念是"修水库"源源不断的源头之水，没有这个源头，水库无从修起；物质就像水库坚实的坝体，需要不断加固、不断修筑，而理想信念的源头活水需要用物质的坝体来围挡、聚集。少了这个水坝，便无法聚集，从而使这股水流最终流失，充其量在流失的过程中形成一处朝不保夕的小池塘而已。故物质可以使水库充盈、丰满、稳定而有保障！

故青年时期，应珍惜时间、努力奋发、有所作为，争取修好水库，从而保证降水少的时候不干涸，降水多的时候不泛滥。

5 人

"人"这个字，一撇一捺，代表着一善一恶，用简单的善恶评说也许过于突兀。

社会具有复杂性，社会的复杂性来源于人是一种会思考的动物，并且产生了因资源而存在竞争性的社会。所以，人会为了竞争而使用一切手段，这个手段既包括人所具备的能力，也包括不择手段而产生的能力，如果一个人只具备不择手段的能力，那么就只会违法犯罪；为了避免这样，人还需要具备的另一项能力，就是做人的底线与良知，有了这一项才不至于一条路走到底，才会有的放矢。这就是"人"字的两笔，一笔代表着良知，另一笔代表着竞争的手段。

左右人生的还有一个更重要的因素——人的欲望，这个世界更多的问题是由此而产生的。

欲望是基础也是主导。利益是基础也是主导。欲望与利益是世间的重要组成部分。

人类的两种生存方式：合作与竞争，都会使人类进化。利益的争夺表现在社会的方方面面；欲望的满足与实现需要一定的能力与手段。

因此，作为人我们最好具备两种能力：一种是具备美好品质的立身能力，另一种是具备在现实社会中竞争的立足能力。

6　如何避开"人生的坑"

人生实苦。从古至今有无数大家学者印证了此理。佛家也说：人生苦海。人生不如意之事十之八九。

罗曼·罗兰说："世界上只有一种英雄主义，那就是看清生活的真面目并且还能够热爱它！"这句话我个人是赞同的。因为人生就像处在坑中，出了这个坑还有下个坑，解决了这个问题还有下一个问题；就好像处在一个局中，走来走去发现自己还是在局中，似乎怎么也摆脱不了。

但从辩证的角度来看，人生既然这么多苦难，这么多的坑，那另一方面说明人也拥有着幸福、快乐，事实也确实如此。一个人的世界不可能时时刻刻都是黑暗的。人生有时候会很无聊，也很孤独，但人生有时候很奇妙，也很有意思。

当然，不管是人生中的苦难、无聊，还是快乐、奇妙，这统统的一切，从我们出生的那一刻起便无法选择，只能去接受，不管你愿不愿意。关于这一点，法国人卢梭写的《社会契约论》就已经说得很透彻了：人生而为人，人是社会的人。这一点，每个人都别无选择，只要他还活着。

所以，在这种"生命活着"的架构下，各种各样的生命的意义就出现了。

佛家说，今生来世，多做善事，善因善果；西方的耶稣说，活着是为死了去见上帝；伊斯兰教的穆罕默德说，人生来就是要受苦的。就这样，支撑世人活下去的宗教（或者说信仰）就产生了，后来慢慢出现了信念、理想、梦想、追求……这些鼓励世人好好活着、努力活着的名词就出现了。

北宋学者张载提出了中国读书人最高的理想信念：为天地立心，为生民立命，为往圣继绝学，为万世开太平。在张载的基础上，南宋理学家朱熹提出了理学，即格物致知，诚意正心，修身齐家治国平天下。陆九渊提出了心学，即用心去推敲万物。后来明朝王阳明追求圣贤之道，提出了"心即理，事上练，致良知"的学说，最终王阳明成了心学集大成者。

具体到每个普通人，我们大多数做不到王阳明等人的圣贤之道，也追求不了"治国平天下"的崇高理想，但我们可以从自身实际出发，在此基础上追求自己切实可行的人生目标。

回到本文的话题：如何避免人生不断的"坑"？

不管我们过去的理想是大还是小，不管我们过去的追求成功与否，不管我们的信念坚定与否，实际上理想、梦想、追求、信念这些东西存在的目的都是鼓励世人更好地活下去，更精彩地活着。

这样难免有些被动，试想：万一有的人没有理想、没有信念，那该怎么办？那岂不是无聊透顶、难过透顶，最终导致如行尸走肉般庸庸碌碌，终此一生。

为此，当我们看清这些本质和问题之后，我们的问题就变成了如何面对这样的人生了。这个问题的回答很简单：为生命立心。但要想做到这一点却不是很容易。

首先至少要保证人的身体健康,这样才能让自己活着有保障。

其次,想实现"为生命立心"这个人生目标,有一点至关重要,并且无法忽视,那就是人性。必须克服人性的弱点,控制人性的不良欲望,让人性为自己真正服务,这样才可能实现"为生命立心"。

再次,卢梭的《社会契约论》说明了人是社会的人,离开了社会,那就不叫人了。所以,作为人还是要尽可能地去追求、去梦想,尽可能地有理想、有信念,尽可能地去融入社会。这一点,王阳明的"事上练"说得很清楚,必须在实践中、在社会中加以磨炼、印证,这样才能更好地达到"为生命立心"。

为生命立心。其实这不是最终结果,而是一个过程,一个实实在在为了自己生命的过程,一个解决问题,不困惑、不苦恼的过程。

为生命立心。其中"生命"在这里是一个名词,它指时间、生命、生活、人生,换句话说,就是具备一个人的所有的一切;而"心"在这里不指名词,它在这里指的是一个过程,一个关于人生的过程,一个关于生命的过程,一个关于灵魂的过程。所以,"为生命立心"这一理念更侧重的是一个过程,一个泰然处之、淡然行事、光明于天地之间的过程。

最后,想要为生命立心,就必须有时间观念,因为时间就是生命,浪费时间绝非是为生命立心。同时,时间的合理安排也是对其他三点的一个保障。故时间管理一定要上心,因为生命是有限的，要想真正实现"为生命立心"这个过程，是离不开时间管理的，这一点将伴随整个生命过程，整个"为生命立心"的过程。

热爱生活很重要，作为人，我们最基本的品质应该就是热爱生活，即便我们已认清了生活的真相，我们也依然要奋斗、追求、努力，依然要热爱生活。这是我们作为人对自己最基本的要求和品质。

7　为生命立心

北宋学者张载留下万世名言:"为天地立心,为生民立命,为往圣继绝学,为万世开太平!"这是自古以来中国读书人的理想,可真正能做到这一点的又有几人?

所谓穷则独善其身,达则兼济天下。有太多人连自身都没能照顾周全时,又何谈为天地立心,为生民立命。故而至少我们应该先为自己立命,为自己立心。在我们今天生活的21世纪,"为生命立心"便更为重要。我们今天的年轻人更需要安放自己的身心,不断探索,不断努力去寻找如何安放自己的身心。

为生命立心。这个生命既指自己的躯体,又指人的灵魂,还指我们的人生。"为生命立心"是从王阳明"知行合一"的思想中得出的结论。王阳明的一生似乎在不断地修行、悟道,由内在的思想去指导外部的行为。

与朋友聊天,我们经常询问对方在什么地方工作,其实我们更应该注重的是"什么样的人在工作、在生活"。前者是外在的环境影响内在的自我,而后者注重的是由内在的自我主动去影响周围的环境。

为生命立心。此生不论时间之长短,境遇之好坏,皆有一心为其支撑。不论身处何时何地,皆不可夺其志,是故为生命立心!

　　为生命立心，凡事用心，以小环境充当大环境，要在世上多磨炼，从而修身、修心。

　　为生命立心，此心光明，亦复何言。

　　为生命立心，从容面对这世间的一切，把这个世间当作自己的修心场，持身守正，持此一心。

8　得救之道

得救之道，先了解生命。

生命的有限性，使人懂得要珍惜时间；生命的复杂性，既有活着的有序性，也有命运的无常性；既有生命的向上性，也有生命的枷锁、生命的诱惑，还有生命的韧性。有生有死，有善有恶，有坚强有软弱。故以现在预测未来，也完全可能，无非是先存在生命，维持生命，再用此生命去做一些事情，该做什么，想做什么，能做什么。想做什么，有想法就行；该做什么，须得有责任；能做什么，须得有能力。

得救之道，首在于了解生命。可单了解生命依然不够，因为会面临无聊、无趣、孤独、寂寞，而这些同样难以忍受！

得救之道，不仅救肉体，更重要的是救其精神，救其灵魂。精神灵魂得救，肉体才能彻底得救！

故得救之道，在于自救。救其灵魂，救其精神，救其肉体。得救之道，还在于主动掌握其灵魂、其精神、其肉体，从而达到自救，能做、想做、该做……

得救，得救，乃获得救助，乃一方对另一方的救助，乃能救对需救之救。

精神、灵魂、肉体无不被束缚、被框定（在此世间中），故得救之道，在于解其束缚，除其框定，救其灵魂，救其肉体，救其精神。

你不知道你，所以你是你（你还是一个你）。

如果你知道了你，你就不是你了（若你不是你，便有两个你，一个救，另一个被救）。

这便是得救之道，将其救出框定、束缚的自救之道！

若已获得得救之道、自救之道，那么获得意义便也已不在话下了。

9　战胜自己

人这一生,最难的事情便是战胜自己,最大的困难也是战胜自己,战胜自己也意味着克制自己。

倘若能战胜自己,又有什么做不到呢?

战国时期积贫积弱的秦国,若没有商鞅变法,何来奋六世之余烈的秦始皇统一六国?而商鞅若不是以一死而成全新法,秦国又何以能顺利地进入法治阶段,又如何奠定中国后来坚定的法治基础与法治思想?

《太史公自序》:鞅去卫适秦,能明其述,强霸孝公,后世遵其法。

商鞅的一个很大的特点:极身无二虑,尽公不顾私。是以令行而禁止,法出而奸息。是以商鞅先战胜自己而后战胜秦国朝野、秦国百姓,战胜列国诸侯,战胜后世之法家,以此立国。

很多时候我们觉得难、觉得烦恼,实则是自己难住了自己,自己使自己烦恼。人是个消耗品,主要的问题还是在于自己,故而战胜自己显得尤其重要。

回想起我大学时期户外领队的经历:倘若不能战胜自己,倘若只知顾私废公,那么户外徒步又何以能不断壮大?何以能被困沙漠而最终问题得以顺利解决?何以能成功二入沙漠腹地？根本原因在于自己能够顾公而不就私。

　　人最难做到的，便是战胜自己！

　　人有太多的欲望和情绪，故战胜自己便相当于要战胜这些欲望和情绪。

　　战胜自己意味着超越孤独，超越永恒，超越自我。

10　自己的光在哪儿

再坚强的人也有软弱的一面，再独立的人也需要依靠，再无情的人也需要他人的关怀。某一时刻你可能忽然觉得自己的生活黯淡无光，自己的人生看不到未来和方向，可能一下子会对生活失去信心和期待，一瞬间感到生无可恋。

这种感觉，可以说每个人都会有，这种感觉一般会久久地、深深地盘踞在我们心底，只是平常被掩盖、被遗忘，在某种情况下，遇境逢缘，便又出现。

"无光"是什么？是无助、无力、无奈；没有归家，没有光明，没有前途；觉得不安全，觉得没目标，觉得无价值，觉得无意义；没有一个温暖的家，没有依靠；觉得人生前途茫然，感到空虚、无聊；等等。这些，都是人的一种心境。

因为一个人的心力有限，智慧有限，所以在面对人生的无望时，该采取什么态度呢？逃避的态度，就是回避、逃开、掩盖，不愿意面对，这样勉强地糊里糊涂过日子。

我们心中总是盼望恒常，可是放眼望去，外面的世界不断地变化，变得你不知道怎么来应对它。你心里希望有个恒常的东西，但外在这样快速的变化是无常的，你怎么会"有望"呢？"望"是一个固定的、美好的结局，或者目标。外在是这样，内心也一样，心里的念头刹那生灭，今天这样，明天那样，你的"望"就更难得了。

人们往往更容易对变化无常的东西感兴趣，进而产生执念。如果某样东西一直恒常不变，人们就会对它习以为常、熟视无睹，反倒不会有什么执着。反而能够时常保持一定变化的东西，能够给人新鲜感，持续地吸引人的注意力，甚至让人沉迷其中。

你会发现，光好像是一个恒定的东西，就像灯塔一样，给航海的船只指示方向。但是光有这个固定的灯塔就一定有方向吗？如果航行的人压根就看不到，这个灯塔又有什么用呢？我相信生活中是有这样固定的灯塔存在的，可是更重要的是生活中的这个舵手得用眼睛去看，得用心去追求。至于生活中不固定的若隐若现的光恐怕就更多了，关键是你自己得睁开眼睛看，要善于发现、主动寻求。能做到这样，那你的生活又怎么会黯淡无光呢？你的人生又怎么会没有未来、没有方向呢？

支撑人生的信念和动力就像星星之火，虽然比较少，但只要我们拥有这星星之火，那么随着星星之火的光芒我们完全有能力和有底气面对人生的荒原，从容地走在人生道路上。

生命中的光可以分为两种：第一种是不固定若隐若现的，这样的光在生活中可能会比较多。比如在你生活中遇到的一些正直的人，一些善良的人，一些优秀的人……在这些人表现出难能可贵的品质时，就是光出现的时候，但是由于一个人很难一直持续表现优秀的品质，所以这样的光具有不固定性；又或者你遇到了对你来说特别好的一本书或一部电影，在你阅读或观看的时候也就是看到光的时候，这种感受同样具有不固定性。除此之外，生活中不固定的光还有很多，需要你用心去发现。

那么第二种便是固定的光。它能稳定地散发，它具有比较强的能量，也就是具有稳定性。由于条件的限制，这种固定的光在生活中或人生中可能并不多见，但仍然有迹可循。

这种固定的光应该是在一些能量过多且愿意散发能量的人或事物那里。

先分析人。由于人本身的复杂性和不稳定性，那么由人散发的光也具有不稳定性，所以能稳定散发光的人是很少的，你能遇见或知道的概率就更小了。

那么这种固定的光最好是优秀的团体或组织，或公司，或机构，因为一个公司或团体往往是有规章制度的，而规章制度就首先保障了稳定性。这样的团体组织是有愿景的、有使命的，这个愿景和使命就是光，同时也应兼具营利性，不营利的话那这个发光的公司和团体就不具有稳定性，那么这样的光就会若隐若现。

这种固定的光最好还是跟人有关系，因为人是有情感的，人是可以交流的，这是人和机器的本质区别。人的鼓励、人的引导、人的支持往往能在光的散发中起到更根本的作用。无光多半是与社会有关的，是与社会中的人有关的，所以，光还是来自人。

所以，固定的光在哪儿？在有人的系统中，在有人的制度中。

世界是通的，人生是通的，个体的人也是通的，无望往往是被堵住了，倘若你能不钻牛角尖，倘若你能通达，那么办法总是有的。光总是有的。当然，如果有可能的话，不妨给自己的人生设立几个"根据地"，作为固定的光。

11 青年与读书

生活的苦，是一种消耗；读书的苦，是一种收获。

知识也许是世上最强大的工具和武器。它也是世上最有魅力的东西，因为任何人都需要它。不管你是谁，处在何种情况下，知识总能助你一臂之力。人生有很多赛道，读书是最稳妥的捷径。书读得越多，人就站得越高远，路也就越广阔。读书好比探险，也不能全靠别人指导，自己也须费些工夫去搜求。一个人的知识体系，就是他认知世界的蓝图。

书犹良药，可以医愚；书犹巨尺，可以丈量世界。

也许我们身处于三尺之地，但仍能通过读书去感受外部世界生生不息的变化。

我们焦虑的，也许是读书太少。

碎片化信息的摄取永远无法代替书籍的整体性；一篇精彩的公众号文章只是冰山一角，真正建立自己的三观还是要回到体系化的书本中去。

杨绛先生说："你的问题就是读书不多而想得太多。"但更可怕的其实是好书读得不多。

真正的好书并非仅仅限于所谓的世界经典，任何能触及人存在的本质的、能引发思考的书都是值得阅读的好书。

阅读是训练思考的最好途径，而懒于思考会逐渐吞噬我们。阅读的力量便在于思想的力量，在于交流和传播的力量。

读书能淬炼一个人的语言，而经过淬炼的语言，会有一种独特的吸引力。"凡有所学，皆成性格"，有些言语，你一听就会知道，那是曾经读过的书所造就的。

书不能让你解决现实生活中的问题，但书总能让你想清楚现实中的一些问题。书不能帮你解决它，但看完书你会发现，你不必再焦虑它，这就是看书的作用。

读书是美事，更是苦事，"别嫌读书太苦，那是看世界的路"。多少人出身微苦，是用读书改变了命运，焕新了人生。

"人后的苦尚且还能克服，人前的尊严却无比脆弱。每周到校上课，都要走八公里的山间小路，冬天的夜有点长，往往人还没走到家天便早已黑了，一个人在黑暗中行走，有恐惧、有害怕，也有忍耐、有坚持。学校食堂的每顿饭都没法吃饱，因为这顿吃饱了就没下顿了。如果不是考试后常能从主席台上领到'三好学生'的奖状来满足最后的虚荣心，我可能早已放弃。"这是年少的我因为生活的苦而坚持读书、学习，坚定读书可以改变命运的心志。

步入大学后的读书与少年求学时的读书完全不同，读的书不同，读书的目的也不同。读书有用，但我们并不全为有用而读书。它应该发生在你想要知晓更多、体验更多、感受更多的每一刻。

一本好书，就像一位良师益友，在黑暗中指导你前行的方向，在黑暗中给予你支撑的力量。

我读的第一本好书是路遥先生写的《平凡的世界》，那是我上高二的时候，下午放学跟同学一起出去吃饭时同学推荐给我的，我花了二十五元买了这三部一套的《平凡的世界》。那天我从下午吃完饭回去开始看，三节晚自习结束了我回到宿舍继续看，宿舍熄灯了我坐在床头上借着外面大灯照射进来的光亮继续看，一直看到了第二天凌晨四点，还剩五十页没看完（那本书一共四百五十页）。我担心会影响白天听课学习，便躺下睡了两个小时。

　　第二天一上午我竟然特别清醒，特别有精神，一点也没有瞌睡的感觉，我想这本书已然深深地印在了我的心里。书中主人公在家庭穷困潦倒的情况下依然能坚持自我，不放弃读书，不放弃学习。在这样的家庭背景下他依然立志要改变自己的命运，不屈服、不妥协，这对我来说是个极大的鼓舞和震撼，那一刻我立志以后一定要走出去，去大千世界开阔眼界；我立志上大学后要多读书，多读课外书，丰富自己的知识，拓宽自己的思维和格局。

　　这本书无疑对我整个人产生了巨大的影响。读《平凡的世界》之前可以说我是混沌的、无知的，就像一张白纸，只知道考大学，学习之外还有什么就不知道了。可读完这本书之后，我的视野与格局一下子被打开了，我好像突然就睁眼看世界了，我前方的道路一下子就明亮了。我对自己的人生开始有了初步的规划。我的世界观和人生观从那个时候起就逐步形成了。

　　我读的第二本好书是刘兴奇先生写的《大学生的坟》。这本书精准戳中了我大学第一年的生活与学习，这本书对我最大的影响是帮助我认识了自己，越来越多地了解自己，这无疑对我未来的整个人生产生了重要的影响。

第三本好书是都梁先生写的《血色浪漫》。这本书可以让你个性突出，让你放荡不羁爱自由，这本书可以让你任性、潇洒，充分突出自我的性格。

好的书籍有很多，一时难以尽述。我想好书大致可以分为这么四类：

第一类是古今中外的经典。能流传下来的都是历经了时间考验的好书，都是作者伟大灵魂的寄托，从古至今不胜枚举，例如《老人与海》《战争与和平》《百年孤独》《道德经》《荷马史诗》……

第二类是对你有用的书。具体因人而异，同一个人也会因所处阶段而不同，今天这类书籍对你有用，半年后可能是另一类书籍对你有用。总之是你看了有利于你当下成长或能解决你当下困惑、问题的一些书籍。

第三类是可以丰富自己学识的书籍，比如《枪炮、病菌与钢铁》《史记》……

第四类是可以使你觉悟、觉醒的书，比如《平凡的世界》《血色浪漫》《遥远的救世主》……

好书不容易寻找，当然，一旦你拥有了读书的习惯，好书也许会"自动上门来"，这就是"书找书"的结果。你正在读手里的一本书，可能读着读着你就知道下一本你要读什么书了，这是一个自然而然的过程。你想读的书就这样有序而互相联系地进入你的视野……

就拿我读的第一本书《平凡的世界》来说，如果我没有读这本书，那在当时就不会立志以后要多读书，这样的话我也许就没有养成读书的习惯，也就不会遇到后来的一系列书籍了。

有人说，读书有什么用？一不能当饭吃，二也不见得能赚钱。我想读书最大的好处就是能让一个人觉悟、觉醒。读书能让你清醒，让你清醒地活在这个世界上，让你知道自己的位置、自己的作用，甚至让你知道自己人生的使命。读书可以让你一点点地认识这个世界，一点点地认识自己。

读书是一件潜移默化的事情，书读得多了你的气质会发生改变。

一个人的经历是有限的，而读书能够迅速增加你的经历，丰富你的阅历。

书籍是一个人面对黑暗、面对现实的支柱，它能够让你坚持自我，它能够给予你力量、给予你勇气走出黑暗、走出无助。

12　谈运动

高二那年参加校运动会,我在田径赛八百米与三千米的项目中均得了第二名,这是我第一次在运动会中取得不错的成绩。后来进入大学后,时不时地在操场跑五公里,并且成为习惯;再后来开始尝试跑半程马拉松,并且成功坚持了下来。这个时期是我运动的高峰期。跑步的状态当然是很舒服的,可以忘掉烦恼,甚至可以忘却一切。

然而工作后的运动量就越来越少了。从最一开始的半马,到后来的跑十五公里,现在只能勉强跑十公里,运动的里程和速度都在下降。更令人担忧的是,从前两三天跑一次,现在二三十天都不跑一次,去运动场的次数越来越少。跑步对我而言竟然成了一件不容易做的事情。高中踢足球整场跑下来都不是什么问题,现在去足球场跑个十分钟就累得不行了。

长期缺少运动会产生很多问题。一方面,会导致自己的身体素质下降,会导致自己的健康缺乏一定的保障。在所有的事情中,健康应该是排第一位的,有了健康,才能去做其他事情,缺少健康,其他一切都无从谈起。我们时常忧心自己的健康问题,却很少愿意为此而开始运动,每年去药店的次数多于去运动场的次数。

另外，长期缺乏运动还会影响人自身的活力，会影响人的精神状态，从而导致情绪越来越多且久久郁结于内。人是一个开放的系统，郁结多而排解少，会产生更多的心理上的问题。

青年中许多人都悲观厌世，暮气沉沉，这大半是身体不健康的结果。愁生于郁，解愁的方法在泄；郁由于静止，求泄的方法在运动。

排解烦闷忧愁的方法有很多种，不单单运动，更不仅仅是跑步。我们为什么要运动，为什么要锻炼？是因为随着社会的发展，机器和技术越来越多地替代了人类的劳动力，我们中大多数人的身体活动变得越来越少。因此，为了保持健康或变得强壮有必要进行适量的运动。

其实只需保证身体每天的正常活动量即可，不一定非得是跑步，更不需要跑马拉松或进行其他高强度的训练，跑个三五公里就可以达到目的了。或者你也可以去散步、去游泳、去打球……运动的方式不唯一，只要能保证身体活动即可。

运动的要义在于使血液流通，肌肉均衡发展。适量的运动可以预防疾病，提升免疫力，改善心理状态，让人更加健康快乐。

13　家庭，归途所在

一个长期在外工作生活的人，回家是难得的，每次回家都是一件重要的事。家庭承载着精神的依靠，在外漂泊的人往往是自己独立去面对各种事情，独立去解决各种问题，这种独自在异地的感受与回到家无忧无虑的生活形成了鲜明的对比。回家可以放下自己，放下自己的工作，放下自己在外单调的生活，放下自己一个人时所产生的情绪。

每次回家，我喜欢去姐姐家，享受可口的饭菜，想吃多少吃多少，吃完饭以自己舒服的姿势坐在沙发上看电视，看没有广告的电视，姐姐时不时会跟我聊天，这是一种安逸的享受，是卸下自己出门在外的疲惫的享受。第二天睡个舒服的懒觉然后起床回家，父亲有事没事会在马路边上等我，每次回家一看到父亲我的内心是愉悦的，这是一种很亲切的感觉，一看到父亲，就仿佛我还是个小孩子，尽管我一个人长期在外生活，自认为早已是有一定经历和阅历的成年人了。母亲正在做饭，进家后什么也不用我干，我几乎很少做家务，在父母面前我仿佛还没长大。

每次回家我都会回村里陪我爷爷奶奶，我奶奶一见面就问我想吃什么，然后她立即就去做了，一边做一边和我絮叨家里的大事小事，用不了多长时间我就会了解到家里面这几个月中发生的大大小小的事；爷爷与我聊天的话题往往会正式一些，不是问我的工作情况，就是问我有没有谈对象。我特别享受农村的宁静与慢节奏的生活。我可以把手机扔在一边三五天不理会，我的心会很安宁，在天气晴朗的日子我喜欢搬个小凳子在门外晒太阳，一边晒一边看，看自己从小长大的家乡，看院子里的一砖一瓦、一草一木……

　　家，是避风港，也是照亮我们人生之路的灯塔。漂泊在外，情思总牵挂于家中的父母。我们在外受了任何的委屈，回到家，父母永远都可以是我们倾诉的对象，他们永远不会责怪我们，会安慰我们，让我们拾起信心，继续前行！父母也会在我们失落时告诉我们，他们永远是我们的依靠。

14　搭子文化

搭子文化，这是最近兴起的一种社交文化。搭子作为新型社交关系，不需要用力维护，不强求精神上的深度共鸣，主打精准陪伴，既满足了社交需求，又降低了朋友关系中所需要耗费的时间。

朋友太难得，同事太疏离，搭子刚刚好。这种"搭子文化"很好地解决了当今人们缺乏交际的问题，很有创意。搭子文化，不仅起到陪伴作用，还起到相互交流、相互学习、相互解决问题的作用。这种搭子文化在今天的年轻人之间很具有启发性，对于未来年轻人的日常行为也会产生很大的吸引力，它将会很好地解决今后年轻人所面临的问题，同时提供更好的借鉴作用，有可能使年轻人涌现出更好的想法。

未来社会的生产力会更发达，物质会更丰富，独立个体会更多，那么个体所面临的问题也会越来越多，而"搭子文化"恰恰是一个能够很好地解决个体独立所产生的一系列问题的方案。它将可能使这个社会的发展更稳定、更成熟，问题更少，有利于个体之间建立更好的社会关系，也有利于解决更多的个体问题，更有利于个体更好、更全面地发展，从而使自己成为更好的自己，甚至是最好的自己！

15　环境对人的重要影响

在当今竞争愈加激烈的社会，你周围的环境，也就是你所处的团队，以及团队的合作便显得更加重要。

不仅仅是因为团队能够群策群力，也不仅仅是因为团队的智慧大于个人的智慧，更重要的是这个团队所提供的氛围。一个好的团队（整体优秀而上进），能提供一个好的工作氛围，这样的氛围能提高你的工作积极性和工作效率，更有利于你的自我成长、自我完善、自我建设；而一个比较差的工作环境，只会让人不断地消耗，即便你很优秀，它也会磨平你曾经的棱角，会逐渐侵蚀你身上的优秀品质，使你逐渐丧失对生活的热情和对人生的进取心。长此以往，你跟这个差的环境也就没什么区别了。

一个人为何会沉沦？大抵是因为他受到了环境的影响，或者说在意志与环境的较量中被环境占了上风。

人为什么易受环境影响？那是因为人无时无刻不在接触人或事，凡所接触到的人均为客观环境，也就是说人在随时随地受客观环境的影响。如何能够摆脱这一局限性，这需要人有一颗时刻存在的坚定的意志，这个意志还得大过环境的影响，如此才能不受环境影响。可要想拥有时刻存在的坚定的意志，又是多么难能可贵！另一种方法是选择周围的环境，一个好的环境能帮助人提升，能够引导人的思考。在今天的社会状态下，我们需要这样的环境来引导自我，来帮助自我提升，否则只靠自己孤独一个人，难免消沉、烦闷；我们需要这样的环境把人和人联系在一起，从而共同去做一些可能做成的事情，这样的环境和过程对一个人的身心发展是至关重要的，我们不能像大海中的小岛一样被孤立，那样是缺乏自我建设的力量的。

一个人如果常有团队合作的训练，在学问上可以免偏陋，在性情上也可以免孤僻。他会有很浓厚而愉快的群体意识，他会深切地感觉到：能尽量发挥群体的力量，才能尽量发挥个人的力量。

总之，良好的环境氛围的创造对我们今天的人来说极为重要，对我们青年尤为重要。有了良好的环境氛围，今天的青年才俊才能更好地施展自己，做出贡献，做出创新。

16　观《泰坦尼克号》

在朋友的推荐下我看了这部长达二百分钟的电影，前百分之八十的剧情是一个经典的爱情故事，最后的部分却令人感触颇深。

男主人公杰克出身社会底层，却依旧充满希望，他依靠自己的"底层能力"，上演着希望，上演着胆识与决断，他在努力创造，他在尽可能地展现生命，他以一个普通人的身份发挥出了生命的力量。

男主人公杰克告诉女主人公露西："无论发生何事，无论多么绝望，千万不要放弃，答应我你会努力活下去。"在最后的生死关头，他依旧不曾放弃，紧紧抓住仅有的活着的希望。

在寒冷的北大西洋中落水一千五百多人，六人生还，千分之四的生还率。从数字来说，希望的确是渺茫的，然而希望就像茫茫人海中的一盏明灯，确实存在，不是每个人都能被这盏明灯照亮，但只有不放弃才能创造希望，因此必须坚持到底！

在现实生活中也是这样，同样需要你去努力追寻、努力获取，更需要你坚持不放弃。希望一直存在，需要你去发现它、找寻它，需要你永不放弃。这，就是希望的本质。

无论发生何事，无论多么绝望，不要放弃！

17　生命的强化

尼采的学说致力于人类的最高理想，尼采无疑是个伟大的人！

尼采提出了人类最高理想，为后世留下了研究的空间，为人生的意义留下了空间。尼采的强权意志和终极理想终于让人类的生命有了确实的意义，不再是虚无！尼采的苦难与超越也很有理论水平，很有可实践性。

尼采的三大思想：强权意志、永远回归、最高理想。强权意志要求超越自己，永远回归意味着克服自己，强权意志是永远回归的重要和直接保证！

问题归于自我克服，创造归于自我超越。"唯有这生命本身的尊严、力量和价值是绝对不可剥夺的，这是生命至高无上的身份，是人之为人的内在根据，是人之为人的绝对根据。"生命才是意义，生命才是价值，回归生命才是意义、价值所在，才是希望所在。回归生命，进行创造。

生命、现实、创造、超越是一体的，也是循环的。

生命创造力量，这种力量表现为对生命自身的尊重、热爱、追求，创造自己的价值和意义，自己创造自己。

尼采的最高理想是人类的终极目标，在这现世之上建立快乐。

要想给生命的意义一种解释,本质的东西则要人们用强力意志去揭示和认识,只有生命力强化才可能战胜人生的悲剧性,而强化生命力的前提是拥有强力意志,只有拥有强力意志才能稳定生命力,否则由于人性使然,生命力亦会呈现不稳定性!

尼采不讲人生体验,对于尼采来说,生命就是强力意志。人生体验,可能精彩,却漫无目的,并且所有人的人生都可以是人生体验;而强力意志是具有明确目标的,并且这个目标是向上的、向好的,属于强化生命、强化人生、强化人类未来的目标。

《尼采的启示》解释了《查拉图斯特拉如是说》这本书,它为我们今天的存在、行为,提供了合理性、可解性、提升性。

18　做最好的自己

很多时候，我一直采用张张的观点：以温和的方式让自己逐渐改变，逐渐变得越来越好。我相信这是正确的。

人们说，人只有越来越好，做不到最好。我想，这个"越来越好"什么时候才是个头啊，这会让人很耗费心力，倘若能够做到最好，也有办法做到最好，那对于人来说岂不是特别轻松与开心？！岂不是特别振奋人心？！做最好的自己，我视之为个人的最高理想，并且只要努力不断探索，这是有可能做到的。

做最好的自己，我初次接触这几个字，是来源于李开复先生写的一本书《做最好的自己》。这本书的内容并没有引发我多大的振奋与共鸣，但这个书名——《做最好的自己》却深深地烙在了我的心里，它像是一个方向，又像是一个目标，是一个指引，也是一个高度。人为什么不能做最好的自己呢？人是可以做最好的自己的！你不努力去试一试，你怎么知道不行？你不探索一番，如何知道没有办法呢？

《做最好的自己》这本书后来便一直跟着我，它时刻提醒我不要忘记一个人的最高理想，不要忘记去探索它的可能性、可实现性。它始终提醒着我，这将是一种多么好的最高品质，这将多么美好。就像登山界说的一句话:"你为什么要登山?因为山就在那儿!"同样的原因,你为什么要做最好的自己?我想这是对于我们作为一个人的最好回答,因为它是最高理想,它是最高追求,它也最难得。

人类应该对自己有信心,有信心让自己做到更好,做到最好的自己。

唯此一生,唯有最好;唯此一生,还要最好。

人生广阔,生命美好。你所在的地方应该是最独特、最亮丽、最光芒夺目的。

此生光明,亦复何言!

无论生活、爱情、工作或其他都应做最好的自己。这个躯体,这个皮囊,这个灵魂,永远都是最好的。

对你来说,其实很简单!把握已拥有的,突破当前所需要的,解决当前问题。

既然活着,既然已经来到了这世上,你便必须选择成为其中一种人,你没办法什么也不选。

既要选择,那便选择成为最好。做最好的自己!